떡갈나무와 개

세계시인선

51

떡갈나무와 개

운문 소설

레몽 크노

조재룡 옮김

CHÊNE ET CHIEN

Roman en vers
Raymond Queneau

일러두기

번역은 두 작품을 저본으로 삼아 진행되었다.

- Raymond Queneau, *Œuvres complètes I*, Édition établie par Claude Debon, Bibliothéque de la Pléiade, Gallimard, 1989.
- Raymond Queneau, *Chêne et chien, suivi de Petite cosmogonie portative*, Préface d'Yvon Belmaval, Poésie/Gallimard, 1969.

연보 및 해설은 아래 글을 참조하여 작성되었다.

- Debon(C.), "Queneau Raymond, 1903-1976" in *Dictonnaire de Poésie de Baudelaire à nos jours* (sous la direction de Michel Jarrety), P.U.F., 2001.
- Delaval(Y.), "Préface" in *Chêne et chien suivi de Petite cosmogonie portative*, Poésie/Gallimard, 1952.
- Queneau (R.), *Bâtons, chiffres et lettres*, Gallimard, 1965.
- Rodrigues(J.-M.), "SI TU T'IMAGINE (1920-1948)" in Jean-Pierre de Beaumarchais et Daniel Couty, *Dictionnaire des œuvres littéraires de langue française* (Q-Z), Bordas, 1994, pp. 1790-1791.

- "Chronologie" in Raymond Queneau, *Œuvres complètes I*, édition établie, présentée et annotée par Claude Debon, Gallimard, coll. 《Bibliothèque de la Pléiade》, 1989
- "Chronologie" in Raymond Queneau, *Œuvres complètes II (Romans I)*, édition établie, présentée et annotée par Henri Godard, coll. 《Bibliothèque de la Pléiade》, 2002.
- "Chronologie" in Raymond Queneau, *Œuvres complètes III (Roman II)*, édition établie, présentée et annotée par Henri Godard, coll. 《Bibliothèque de la Pléiade》, 2006.

차례

I

...Quand je fais des vers, je songe toujours à dire ce qui ne s'est point encore dit en notre langue. C'est ce que j'ai principalement affecté dans une nouvelle épître··· J'y conte tout ce que j'ai fait depuis que je suis au monde. J'y rapporte mes défauts, mon âge, mes inclinations, mes moeurs. J'y dis de quel père et de quelle mère je suis né.

BOILEAU

1부

……운문을 만들 때면, 나는 항상 우리 언어에서 아직
말해지지 않은 것을 말하려고 고심한다. 새로운 서간문에서
내가 특별히 원했던 것도 바로 이것이었다……. 이 세상에
존재한 이래로 내가 했던 모든 것을 나는 거기에 죄다
털어놓는다. 나의 결점들, 나의 세대, 나의 기질, 나의
습관들을 나는 거기다가 고백한다. 내가 어떤 아버지와
어머니에게서 태어났는지를 나는 거기에다 말한다.

부알로[1]

Je naquis au Havre un vingt et un février
en mil neuf cent et trois.
Ma mère était mercière et mon père mercier :
ils trépignaient de joie.
Inexplicablement je connus l'injustice
et fus mis un matin
chez une femme avide et bête, une nourrice,
qui me tendit son sein.
De cette outre de lait j'ai de la peine à croire
que j'en tirais festin
en pressant de ma lèvre une sorte de poire,
organe féminin.

Et lorsque j'eus atteint cet âge respectable
vingt-cinq ou vingt-six mois,
repris par mes parents, je m'assis à leur table
héritier, fils et roi
d'un domaine excessif où de très déchus anges
sanglés dans des corsets
et des démons soufreux jetaient dans les vidanges
des oiseaux empaillés,
où des fleurs de métal de papier ou de bure

나는 일천구백삼년 이월하고도 이십일일에
르아브르에서 태어났다.
어머니 잡화상인 아버지도 잡화상인이었다 :
두 분은 기뻐서 날뛰었다.
이루 말할 수 없는 부당함을 내가 깨닫게 된
어느 날 아침 나는 넘겨졌다
구두쇠에 멍청한 여자, 내게 자신의 젖가슴을
드밀은 어느 유모의 품으로.
믿기 힘들었던 것은 이 우유 부대에서 내가
진수성찬을 끌어냈다는 사실
말하자면 배 모양의 여성 기관에, 내 입술을
아주 바짝 눌러대면서.[2]

이십오 개월이나 이십육 개월이라는 존중받을
나이에 이르렀을 때,
부모님이 도로 데려와, 그들의 식탁에 앉은 나는
코르셋을 꽁꽁 졸라맨
몹시 타락한 천사들과 냄새를 풍기는 악마들이
박제된 새들을 오물통에
버리곤 했던, 종이나 거친 조각 천 따위로 만들어진
꽃들이 서랍 속에서
모자들을 장식할 채비를 벌써 끝마친

poussaient dans les tiroirs

en bouquets déjà prêts à orner des galures,

spectacle horrible à voir.

Mon père débitait des toises de soieries,

des tonnes de boutons,

des kilogs d'extrafort et de rubanneries

rangés sur des rayons.

Quelques filles l'aidaient dans sa fade besogne

en coupant des coupons

et grimpaient à l'échelle avec nulle vergogne,

en montrant leurs jupons.

Ma pauvre mère avait une âme musicienne

et jouait du piano ;

on vendait des bibis et de la valencienne

au bruit de ses morceaux.

Jeanne Henriette Évodie envahissaient la cave

cherchant le pétrolin,

sorte de sable huileux avec lequel on lave

le sol du magasin.

J'aidais à balayer cette matière infecte,

on baissait les volets,

à cheval sur un banc je criais « à perpette »

꽃다발로 자라나곤 했던,
과분했던 어느 영역의 계승자, 아들 그리고 왕,
보는 게 끔찍한 광경.
내 아버지는 비단 더미를, 엄청난 양의 단추를,
선반 위에 진열된
끈이나 테이프 리본 제품들을 몇 킬로그램씩
가게에서 팔았다.
소녀 몇몇이 천 조각을 자르는 무미건조한 일로
아버지를 도왔다 그리고
속치마를 드러내며 조금도 부끄러워하지 않고
사다리에 기어올랐다.
가엾은 내 어머니는 음악가의 영혼을 갖고 있었고
피아노를 연주하곤 했다 ;
여성용 모자나 발랑시엔[3] 따위가 피아노 곡조에
맞춰서 팔려 나가곤 했다.
가게 바닥을 열심히 닦아 내곤 했던 휘발유 섞인
모래의 일종인 페르롤린을
찾으려고 잔 앙리에트 에보디[4]는 지하실 구석을
샅샅이 뒤지곤 했다.
나는 이 감염된 물질을 청소하는 일을 도왔으며,
누군가 덧문을 내렸고,
벤치에 걸터앉아 나는 "언제나"라고 소리쳤다

(comprendre : éternité).

Ainsi je grandissais parmi ces demoiselles

en reniflant leur sueur

qui fruit de leur travail perlait à leurs aisselles

je n'eus jamais de soeur.

Fils unique, exempleu du déclin de la France,

je suçais des bonbons

pendant que mes parents aux prospères finances

accumulaient des bons

de Panama, du trois pour cent, de l'Emprunt russe

et du Crédit Foncier,

préparant des revers conséquences de l'U.R.S.S.

et du quat'sous-papier.

Mon cousin plus âgé barbotait dans la caisse

avecque mon concours

et dans le personnel choisissait ses maîtresses,

ce que je sus le jour

où, devenu pubère, on m'apprit la morale

et les bonnes façons ;

je respectai toujours cette loi familiale

et connus les boxons.

('영원으로' 이해하시길).
나는 이렇게 숙녀들 사이에서 노동의 열매가
겨드랑이에서 방울지곤 하던
그녀들의 땀 냄새에 코를 쿵쿵거리며 자랐다 :
내겐 누이가 없었다.
외동아들, 쇠락하는 프랑스의 범생이었던 나는,
재산을 늘리기 위해
부모님께서 소비에트 사회주의 연방의 실패와
지폐본위 프랑화 할당제에
대비하여 러시아 공채와 프랑스 주택금융공사가
3퍼센트의 수익을 보장하며
발행한 파나마 채권을 열심히 사 모으시는 동안
사탕이나 빨고 있었다.[5]
나이가 나보다 많았던 내 사촌은 나의 협조로
금고에서 돈을 훔쳤고
여직원들 가운데서 애인을 여럿 골랐다, 내가
그날 깨닫게 된 것은,
사춘기가 된 나에게, 누군가 도덕과 훌륭한 수완을
가르쳐 주었다는 사실 ;
나는 가족의 이러한 규율을 항상 존중했으며
매음굴을 알게 되었다.

Mais je dois revenir quelque peu en arrière :

je suis toujours enfant,

je dessine avec soin de longs chemins de fer,

et des bateaux dansant

sur la vague accentuée ainsi qu'un vol de mouettes

autour du sémaphore,

et des châteaux carrés munis de leur girouette,

des soldats et des forts,

(témoins incontestés de mon militarisme

— la revanche s'approche

et je n'ai que cinq ans) des bonshommes qu'un prisme

sous mes doigts effiloche,

que je reconnais, mais que les autres croient être

de minces araignées.

A l'école on apprend bâtons, chiffres et lettres

en se curant le nez.

여기서 조금 뒤로 돌아와야만 할 것 같다 :
나는 항상 아이다,
나는 공들여서 그린다 긴 철도를, 그리고 파도와
신호 깃발 근처에서
날아오르는 갈매기처럼 도드라진 파도 위에서
춤추고 있는 배들을,
그리고 군인들과 요새들을, 풍향계를 달고 있는
저 장방형의 성들을.
(내 호전성에 대한 이론의 여지가 없는 증거들
— 복수의 날이 다가온다
나는 고작 다섯 살이다) 내 손가락 아래로 프리즘처럼
흩어지고 있는, 내가 알아보는,
하지만 다른 이들이 아주 작은 거미로 착각하는
저 순박한 사람들을.
학교에서 우리는 코를 닦아내며 줄, 숫자와
글자[6]를 배운다.

Le lycé' du Havre est un charmant édifice,

on en fit en 'quatorze un très bel hôpital ;

ma première maîtress' — d'école — avait un fils

qu'elle fouettait bien fort : il pleurait, l'animal !

J'étais terrorisé à la vu' de ces fesses

rougissant sous les coups savamment appliqués.

(Je joins à ce souv'nir, ceci de même espèce :

je surveillais ma mère allant aux cabinets.)

Et voici pourquoi, grand, j'eus quelques préférences :

il fallut convenir que c'était maladie,

je dus avoir recours aux progrès de la science

pour me débarrasser de certaines manies

(je n'dirai pas ici l'horreur de mes complexes ;

j'réserve pour plus tard cette question complexe).

☆

르아브르 고등학교는 매력적인 건축물, 14년에 전쟁[7]이
터지자 이 건물은 아름다운 병원으로 변형되었다 ;
내 첫 담임 선생님 ── 초등학교 ── 에게는 호되게 매질을
가하곤 하던 아들이 있었다 ; 그 녀석은 울었다, 짐승처럼!
나는 교묘하게 가해진 구타로 붉게 물들어 버린
그 녀석의 엉덩짝을 보고 그만 공포에 사로잡혔다.
(같은 종류의 기억을 이 기억에다가 보탠다 :
나는 사무실로 가곤 하는 어머니를 감시하곤 했다.)
그리고 이것이, 내가 어른이 되어, 편애하게 된 이유다 :
이것이 병이었다고 인정하지 않으면 안 되었다,
몇 가지 편집증에서 해방되기 위해서
나는 과학의 진보에 의지하지 않을 수 없었다
(나는 여기서 내 콤플렉스의 두려움에 대해 말하지는
　　　않겠다 ;
이 복잡한 문제는 다음으로 미뤄 두기로 한다.)

☆

Mes chers mes bons parents, combien je vous aimais,

pensant à votre mort oh combien je pleurais,

peut-être désirais-je alors votre décès,

mes chers mes bons parents, combien je vous aimais.

L'angoisse de mon crime accablant arpenteur

débobina mes langes.

Je vécus mon enfance écrasé de terreurs

et d'anxiétés étranges :

— la question qu'au bossu donnait l'orthopédiste

cassant les abatis

et j'entendais craquer l'ossature sinistre

du nabot en débris ;

— les voyous obstinés qui rôdaient dans le noir

et les mains dans les poches

toujours prêts à commettre à la faveur du soir

quelque horrible anicroche

au cours bien ordonné du flâner des bourgeois

(j'étais de cette race) ;

— les mots incohérents barbouillés en siamois,

☆

소중하고 훌륭하신 부모님, 얼마나 내가 당신들을
　　사랑했는지,
당신들의 죽음을 생각하며 오! 내가 얼마나 울음을
　　터트렸던지,
소중하고 훌륭하신 부모님, 얼마나 내가 당신들을
　　사랑했는지,
나 어쩌면 당신들의 죽음을 바라고 있었던 것.

짓누르며 성큼 다가오는 내 범죄에 대한 불안이
나의 속박을 풀어 주었다.
나는 공포와 기이한 심리적 불안들로 짓눌린
유년 시절을 보냈다 :
── 정형외과 의사가 팔다리를 분지르며 꼽추에게
건네곤 했던 질문[8] 그리고
난쟁이의 험악한 골격을 산산조각 내는 소리가
내게 들려왔다 ;
── 어둠 속을 배회하던 고집 센 불량배들과
밤을 틈타서 때마침
부르주아가 산책하기를 기다렸다가
끔찍한 사고를 저지르려

redoutables grimaces

d'un disciple du Mal et ce jeteur de sort

voulait bien annuler

pour le prix de dix ronds ses menaces de mort

qu'au hasard il lançait

(il me disait soudain : « Ta mère va mourir ! »

humectant de salive

son doigt, il se mettait à longuement écrire

en griffes ablatives

et je sortais alors mes cinquante centimes

tarif exorbitant

pour que ma mère ait quittance de cet infime

et de l'envoûtement) ;

— les mystères affreux du préau, dans la cour

de récréation

où des gamins peureux simulaient de l'amour

avec précision

les principales attitudes

et donnaient toute latitude

à leurs instincts de vrais cochons

— en jugeait ainsi ma Conscience

et je m'effrayais du mélange

항상 준비중에 있던 주머니 속의 두 손
(나는 이런 종자였다) ;
── 샴어로 뒤죽박죽 갈겨쓴 낱말들[9],
악의 제자 하나의
찌푸린 저 만만치 않은 표정 그리고 저주를 퍼붓는
점쟁이는 자기가
우연히 발설했던 죽음의 위협을 10수를 지불하고
취소하기를 원했다.
(그가 갑자기 내게 "네 어머니는 죽을 것이다!"라고 말했다.
타액으로 축축해진
그의 손가락, 그는 갈라진 발톱으로 오랫동안
글을 쓰기 시작했다
그러자 나는 수중의 50상팀을 꺼냈다
내 어머니가 최하층민의
그리고 저주에 대한 영수증을 갖는 대가치고는
엄청난 금액이었다) ;
── 안마당의 무시무시한 수수께끼들, 겁 많은 아이들이
매우 치밀하게
사랑을 모의하곤 했던 쉬는 시간의
저 학교 운동장
학교의 기본 원칙들 그러나 진짜 음탕한
돼지들이 자기들의 본능에

de l'ordure et de l'innocenoe
que présentait la Création.

오롯이 자유를 부여하곤 했다.
— 나의 **양심**은 이렇게 판단했다
그리고 나는 **창조주**가 만들어낸
더러운 것과 순수한 것이 서로
뒤섞이는 것을 몹시 두려워했다.

☆

De mon père un ami Lambijou s'appelait.

De cet ami le fils Lambijou se nommait.

Mon ami Lambijou détruisait tous mes jouets.

Il en vint même un jour à me mordre le nez.

Mais c'était par amour du moins me le dit-il.

Je pris en aversion ce socrate infantile

Et lorsqu'une 'tit' fill' tenta de m'embrasser

D'un chaste et fort soufflet loin de moi la chassai.

☆

아버지에게 친구가 하나 있었는데 랑비주라고 불렸다.
이 친구에게 아들이 있었는데 이름이 랑비주였다.
내 친구 랑비주는 내 장난감을 모두 부숴 버렸다.
심지어 어느 날 그가 내 코를 깨무는 일이 벌어졌다.
그러나 그는 여하튼 사랑해서 그랬다고 내게 말한다.
나는 어린애같이 유치한 이 소크라테스를 혐오했다
그리고 어떤 소녀 하나가 나에게 키스를 시도했을 때
나는 짧고 간결한 따귀로 그녀를 내게서 쫓아 버렸다.

☆

Fécamp, c'est mon premier voyage ;
on va voir la Bénédictine.
J'admire la locomotive :
je suis avancé pour mon âge.

Pour visiter Honfleur, Trouville,
il faut traverser l'estuaire.
Moi, je n'ai pas le mal de mer :
y a des marins dans la famille.

Bolbec, Lillebonne, Étretat
font l'objet d'excursions diverses
qu'on étouffe ou qu'il pleuve à verse,
on plaisante sur l'Ouest-État.

Paris, ça c'est une aventure.
Un marchand de cartes postales
à ma mère escroque dix balles :
mon père en fait une figure.

☆

페캉, 나의 첫번째 여행지 ;
아마 우리는 베네딕틴[10]을 보겠지.
증기기관차에 나는 감탄하겠지 :
내 나이치고 나는 앞선 것.

옹플뢰르, 투르빌을 방문하려면
강 하구를 가로질러야만 하리.
나는 바다를 싫어하지 않는다네 :
가족들 중에는 선원들도 있다네.[11]

볼베크, 릴르본, 에트르타는
다양한 소풍의 명소가 되었다네[12] :
더위에 숨 막히고 소나기 쏟아져도,
서부 지역[13] 기차를 타고 즐거워하네.

파리, 그것은 예기치 않은 모험.
우편엽서를 파는 상인 하나
어머니에게 10프랑을 갈취하네 :
아버지 그 작자 면상을 갈기시네.

On court voir les êtres en cire

exposés au musé' Grévin :

pour l'un d'eux on prend un gardien.

Ah là là, ce qu'on a pu rire.

Maintenant, à la Tour Eiffel

Il fait chaud et c'est un dimanche.

On attend, papa s'impatiente :

voilà son foi' qui lui fait mal.

Le jour même, nous revenons.

On prend le train à Saint-Lazare.

Bientôt je vois cligner deux phares,

un rouge, un blanc : c'est ma maison.

우리는 그레뱅 박물관에 전시된
밀랍 인형을 보려고 서두른다네 :
그중 하나를 수위로 착각한다네.
하하하, 우리 얼마나 웃었던지.

이제는, 오, 정말 에펠탑이네!
날은 무덥고 게다가 일요일이네.
줄을 선다네, 아빠가 서두르시네 :
간 때문에 아프셨기 때문이라네.

바로 그날로, 우리는 되돌아온다네.
생라자르 역14에서 기차를 탄다네.
이제 곧 붉은 것, 하얀 것, 깜박이는
등대 두 개를 보겠지 : 집에 다 왔네.

☆

Assis dans un fauteuil devant la cheminée
Père lisait Buffalo-Bill.
Accroupi près de lui j'avec soin déchirai
un livre à peine moins puéril.

Cet homme revenait d'Indo-Chine et d'Afrique.
Il avait le teint jaune et vert.
Il hébergeait en lui la colique hépatique
qui le foutait tout de travers.

Scarlatine, oreillons, orgelets, laryngites
nous nous partagions tous les deux
les maux les plus variés et les moins insolites
que nous soignions de notre mieux

en buvant la tisane, en croquant l'aspirine,
en avalant le fébrifuge,
en oignant le cérat, en piquant la morphine,
en dégustant la fade purge.

☆

벽난로 앞 안락의자에 앉아서 아버지는
버펄로 빌[15]을 읽고 계셨다.
아버지 근처에 웅크린 채 나는 조금 덜
유치한 책을 공들여 찢고 있었다.

이 남자는 인도차이나와 아프리카에서 돌아왔다.
그는 푸르고 노란 안색을 하고 있었다.
그는 무지막지하게 그를 괴롭히는 간의 통증을
몸 안에 품고 있었다.[16]

성홍열, 볼거리, 다래끼, 후두염 우리 두 사람은
엄청나게 변덕스럽고 가장
덜 호의적인 고통을 서로 나누어 가졌고
최선을 다해 우리를 돌보았다.[17]

허브차를 마시면서, 아스피린을 깨물어 먹으면서,
해열제를 목으로 넘기면서,
연고를 몸에 바르면서, 모르핀 주사를 맞아 가며
역겨운 소독약을 맛보면서.

Des bûches qui dansaient dans la flamme étourdies
roulaient parfois sur le plancher
et mes soldats de plomb jetés dans l'incendie
me revenaient décolorés.

Le temps coulait fondu par le feu des fatigues.
Je paressais immensément,
épelant d'A à Z le *Larousse* prodigue
en faciles enchantements.

Et lorsque les beaux jours revenaient tout timides
d'un soleil en bonne santé,
père et fils se risquaient, convalescents livides
emmaillotés de cache-nez,

à faire quelques pas dans la campagne verte
ou bien dans la brune forêt
ou le long de la mer indigo et violette
sous un ciel encore ardoisé.

불꽃 속에서 경박하게 춤을 추던 장작들이
간혹가다 바닥에서 뒹굴었고
불길 속에 던져졌던 나의 밀랍 군인 인형들은
색깔을 잃고서야 내게 돌아왔다.

피로의 불길에 녹아내리며 시간이 흘러갔다.
나는 엄청 게으름을 피웠다,
쉬운 마법을 한가득 머금은『라루스 사전』을 A에서 Z까지
한 글자씩 읽어 가면서.[18]

그렇게 태양을 몹시 수줍어하던 아름다운 날들이
마침내 건강과 함께 되돌아왔을 때,
아버지와 아들, 창백한 회복기의 환자는 목도리를
코 위까지 두른 채 위험을 무릅쓰고,

여전히 검푸른 하늘 아래 저 푸르른 시골길이나
더러 갈색으로 뒤덮인 숲을
그도 아니면 쪽빛과 보랏빛으로 물든 해변을 따라
몇 걸음을 내딛곤 했다.

☆

Ma mère m'emmenait parfois à Sainte-Adresse
dans une voiture à cheval.
On buvait du cidre, on mangeait de la crevette
dans un restaurant près du phare.

Elle m'emmenait également en vacances
à Orléans, aux Andelys
où successivement habita-z-une tante
qui me traitait comme son fils.

Le sien — (de fils) — Albert — inventait mille adresses
pour me distraire un petit-peu :
élevait des poissons ; dressait une levrette ;
apprivoisait un écureuil ;

faisait chanter un merle ; associait des substances
pour que vire le tournesol ;
photographiait ; peignait ; faisait sécher des plantes ;
chantait ; tapotait des accords ;

☆

어머니는 가끔 마치로 나를 생타드레스[19]에
데리고 가곤 하셨다.
등대 근처 레스토랑에서 우리는 시드르를
마시거나, 새우를 먹곤 했다.

어머니는 또 방학이면 나를 오를레앙에, 앙들리에
데려가곤 하셨다
두 곳에 모두 이모가 한 분씩 살고 있었는데 나를
자기 아들처럼 대해 주곤 하셨다.[20]

그의 아들 — 알베르[21] — 은 수천 가지 재주를
발휘했고 더러 내 관심을 끌어냈다 :
물고기 들어 올리기 ; 그레이하운드 일으켜 세우기 ;
다람쥐 길들이기 ;

티티새 울게 하기 ; 해바라기가 돌 수 있게끔
여러 물질을 뒤섞기 ;
사진 찍기 ; 공들여 머리 빗기 ; 식물을 말라죽게 하기 ;
노래 부르기 ; 음정 맞추기 ;

rimait ; cyclait ; dansait ; mais toutes ces prouesses
me fichaient dans l'humilité.
Pour la première fois, en buvant des cerises
à l'eau-de-vi', je me saoulai.

C'était aux Andelys, je crois, et ma famille
me regardait fort amusée.
Elle ne pensait pas qu'un jour mes fortes cuites
la feraient un peu déchanter.

Je ne décrirai point mon immense tristesse
lorsqu'il nous fallait revenir :
seul, un jour, un potiron sur une brouette
réussit à me faire rire.

운율 맞추기 ; 자전거 타기 ; 춤추기 ; 유별난 이 온갖 재주에
나는 위축되고 말았다.
체리를 넣어 독한 술을 마셨고, 잔뜩 취했는데,
나에게는 처음 있는 일이었다.

생각해 보니, 내 가족이 몹시 즐거워하면서 나를
바라본 것은 앙들리에서였다.
가족들은 나의 엄청난 취기가 어느 날엔가 그들의 기대를
더러 저버릴 수 있을 거라고 여기지는 않았다.

다시 돌아와야만 했을 때 갖게 된 커다란 슬픔에 대해
나는 말하지 않으련다 :
오직, 외바퀴 손수레 위의 호박 하나가, 어느 날엔가,
나를 웃게 하는 데 성공할 것이었다.

☆

Des objets singuliers :
                    le cornet acoustique
grâce auquel on communiquait
de la chambre à coucher avecque la boutique
en salivant dans le sifflet ;
l'écrase bifteck-cru rouillant dans la cuisine
et dont je me servais parfois
pour broyer des pépins, des têtes de sardines
et de vieilles coques de noix ;
la cage à mouche immense, une œuvre d'industrie
puant la colle de poisson
où bourdonnant vibrait la démonomanie
du bétail de la corruption.

Certes j'avais du goût pour l'ordure et la crasse,
images de ma haine et de mon désespoir :
le soleil maternel est un excrément noir
et toute joie une grimace.

Abandonné, trompé, enfant, dans quel miroir

☆

야릇한 물건들 :
　　　　　　　나팔 모양 보청기
덕분에 호루라기에 침을
묻혀 가며 우리는 잠자는 방에서 가게로
연락을 할 수 있었다 ;
간혹가다 내가 씨앗이나 정어리 대가리 그리고
오래된 호두 껍데기를
으깨는 데 사용하곤 했던 부엌에서 굴러다니던
고기 다짐용 방망이 ;
파리를 가두는 커다란 통발, 부레풀 악취를
풍기는 공장이 원인을 제공해서
부패에 끌린 파리 떼들이 윙윙거리면서 퍼트리는
망상으로 진동하고 있었다.

나는 분명 쓰레기와 찌꺼기에나 걸맞은 미각을
갖고 있었다, 내 증오와 내 절망의 모습 ;
시커먼 배설물인 저 모성의 태양 그리고
기쁨 가득한 저 찌푸린 얼굴.[22]

버림받은, 속아 넘어간 아이, 일그러진 모습 말고

verrais-tu ton image autre que déformée ?

Drame du sein perdu, drame de préhistoire,

dans ta mère à présent tu vois l'autre *moitié.*

Elle m'appelle son pinson.

Elle raconte qu'elle m'aime.

Mon lit se trouve près du sien.

J'entends gémir cette infidèle.

Et puis mon père m'a battu :

j'avais craché sur sa personne.

Je courbe la tête vaincu :

je serai plus tard un grand homme.

J'ai découvert une caverne

d'où l'on ne peut me déloger.

Je voudrais un destin bien terne

que rien ne viendrait illustrer.

Rêves de guerre et de batailles,

dans le fort les plumes se rouillent.

On m'a inculqué l'art d'écrire :

다른 모습을 너는 어떤 거울에 비추어 볼 것인가?
잃어버린 젖가슴의 비극, 선사시대의 비극,[23]
어머니에게서 너는 지금 나머지 *반절*을 보고 있다.

그녀는 나를 자기의 방울새라고 부른다.
그녀는 나를 사랑하고 있다고 이야기한다.
내 침대는 그녀의 침대 바로 옆에 있다.
부정한 이 여인의 신음이 내게 들려온다.

얼마 안 가서 아버지는 나를 때렸다 :
나는 그의 인격에 침을 뱉었다.
나는 패배하여 머리를 수그렸다 :
나는 훗날 위대한 사람이 될 것이다.

나는 그 누구도 나를 쫓아내지
못할 은신처 하나를 발견했다.
훗날 그 무엇으로도 이름을 빛내지 않을
아주 무미건조한 운명을 나는 원했다.[24]

전쟁이나 전투 따위를 꿈꾸며
요새에서 펜촉이 녹슬고 있다.
누군가 글 쓰는 방법을 내게 주입했다 :

je griffonne des aventures.

Mais je viens de dépasser l'âge
où je surpris la trahison.
Papa, maman : c'est un ménage.
Moi je suis leur petit garçon.

나는 모험 같은 것을 휘갈겨 쓴다.

하나 나는 배신감에 놀랄
나이를 이제 막 지나고 있다.
아빠, 엄마 : 그들은 부부다.
나는 그들의 어린 아들이다.[25]

☆

Le couronnement du défunt roi George V
fut un événement ; mon père y assista.
De Londre' il rapporta des cavaliers des Indes
(en plomb) et un cigare long comme le bras.

Plusieurs calamités peu après cette fête
hérissèrent le poil de la plupart des gens :
on dérobe La *Joconde* un tableau de maître,
le *Titanic* effleure un iceberg géant.

Des images montraient d'illustres milliardaires
se noyant dans l'Atlantique avec dignité.
Puis on voit des bandits armés de revolvers
conduisant dans Paris de beaux autos volés.

C'est ainsi qu'on acquiert du goût pour les désastres
et les manchettes dans le papier quotidien.
En voyant le malheur dessiné par les astres,
on goûte celui des autres comme le sien.

☆

사망한 왕 조지 5세의 대관식[26]은 하나의
사건이었다 ; 아버지가 참석했기 때문이다.
런던에서 아버지는 (납으로 만들어진) 인도
기병들과 팔처럼 긴 시가를 하나 가져왔다.

축제가 끝나고 얼마 지나지 않아 닥쳐온 재앙은
거의 모든 사람의 신경을 곤두서게 했다 :
거장의 그림 「모나리자」를 누군가 훔친다,
타이타닉 호가 거대한 빙하를 건드린다.

유명한 억만장자들은 위엄 있게 대서양
바다에 빠지는 모습을 보여 주었다. 이어서
우리는 권총으로 무장한 일당들이 아름다운
차를 훔쳐 파리를 달리는 모습을 보게 된다.[27]

이렇게 해서 우리는 일간 신문에 실린
재난과 표제들을 음미할 수 있게 된다.
저명인사들이 기술한 불행을 보면서 우리는
타인들의 불행을 우리 것처럼 맛본다.

Je retournais le sens des maux inévitables,

car j'aimais ma douleur, petite castration.

De tous les coups du sort, j'ai su faire une fable.

Le moins devient le plus : consolante inversion.

Les enfants estropiés deviennent saltimbanques.

A Rome on appréciait le fredon des eunuques.

— Mon père alla chercher ses gros sous à la Banque

parce qu'un Serbe avait tué là-bas l'archiduc.

Le 129 partit pour la grande imposture.

A la gare je vis s'embarquer mon cousin.

Vers minuit, pour rentrer, on prit une voiture,

et dans le fiacre obscur je criais « à Berlin ! »

Le soldat belge avait pour arme une tartine

et dans les ports normands réapparut l'Anglais.

Les Russes accouraient à Berlin en berline.

On apprécia bien peu le soleil éclipsé.

Le poilu nous revint avec une blessure.

Un gendarme faisait rengainer les drapeaux

나는 약간의 거세, 내 고통을 사랑했기 때문에,
피할 수 없는 아픔의 방향을 돌려놓았다.
운명의 온갖 충격으로부터, 나는 이야기를 만들어 낼 줄
    알고 있었다.
가장 작은 것이 가장 큰 것이 된다 : 위안이 되는 반전.

불구가 된 아이들은 서커스단의 곡예사가 된다.
로마에서는 거세된 아이들의 콧노래를 감상하였다.
── 아버지는 은행에 제법 많은 돈을 찾으러 갔는데 그건
세르비아인이 오스트리아 황태자를 살해했기 때문이었다.[28]

제129부대[29]가 어마어마한 사기를 치러 떠났다.
역에서 나는 사촌이 기차에 오르는 걸 보았다.
자정 무렵, 집으로 돌아오려고 우리는 차에 탔다,
그리고 어두운 마차 안에서 나는 "베를린으로!"라고
    소리쳤다.

벨기에 군인은 빵 조각 따위를 무기로 삼았고[30]
노르망디 항구에는 영국군이 다시 등장했다.
러시아군은 베를린[31]을 타고 베를린으로 달려왔다.
우리는 일식으로 가려진 태양을 좋아하지 않았다.[32]

(allusion délicate à la déconfiture).
La famille s'enfuit à Trouville en bateau.

Un géologue me fit don d'une ammonite.
Le train véhiculait des lots de réfugiés.
Les Prussiens avançaient prodigieusement vite.
À Rennes l'on se crut à peine en sûreté.

Le miracle attendu vint délivrer la France
bien que mes chers parents fussent bien peu chrétiens.
A la suite de quoi, nous reprîmes confiance ;
d'un même mouvement, nous reprîmes le train.

군인이 부상을 입고 우리 곁으로 돌아왔다.[33]
어떤 경찰이 깃발을 도로 집어넣으라고 시켰다
(참패를 알려 주는 세심한 암시였다.)
가족은 배를 타고 트루빌로 달아났다.

어떤 지질학자는 내게 암모나이트를 거저 주었다.
기차는 한 무리 피난민들을 운반하고 있었다.
프로이센인들이 놀랄 만큼 빠르게 전진하고 있었다.
렌에서야 우리는 겨우 안전을 확신할 수 있었다.[34]

기독교 신자는 아니었지만 사랑하는 내 부모님이
고대하던 기적으로 마침내 프랑스가 해방되었다.[35]
그 이후를 말하자면, 우리가 신뢰를 다시 회복했다는 것 ;
이런 분위기 속에서 우리는 기차에 다시 올라탔다.

☆

A quelques pas des gazomètres,

j'appris le grec et le latin,

le français et la géométrie

et l'algèbre et le dessin.

Les classes avaient lieu dans une

école de commerce dont

les murs tapissés de vitrines

exposaient des échantillons.

Notre principal professeur

avait été séminariste ;

persécuté-persécuteur,

à ses tics il joignait un vice

et nous lisait le Dourakine

par de Ségur, la Rostopchine.

De plus il aimait le caca

qu'il appelait aussi la crotte

et racontait des anecdotes

concernant cette chose-là,

☆

가스탱크와 몇 발 떨어진 곳에서
나는 배웠다, 그리스어, 라틴어를,
그리고 프랑스어와 또한 기하학을
그리고 여기에 더해 대수와 그림을.
진열장 유리들로 사방이 죄 뒤덮인
벽면들이 자랑스런 위용과 면모를
드러내고 있던 상업학교의 건물,
우리들의 수업이 그곳에서 열렸다.[36]

우리학교 교장 선생님이라는 자는
일전에 신학을 연구한 적이 있었다 ;
박해받은 자-박해하는 자[37]인 그자,
습관처럼 그는 제 악행을 늘려 갔고
세귀르 부인, 그러니까 로스톱친[38]의
『두라킨 장군』[39]을 우리에게 읽어 줬다.

게다가 그 작자는 똥을 좋아했는데
그 작자는 그걸 웅가라고 불렀으며
이런 지저분한 것들과 살짝 관련된
이야기를 우리에게 자주 들려 주었다,

mais, pour éviter les redites,
se contentait d'allusions
dont l'une à Tibi Marguerite
dépassait ma compréhension.

Ceci rappelle à ma mémoire
que la bonne portait ce nom ;
son artilleur était au front
et fignolait des écritoires
avec le cuivre des obus.
Mon cousin cuvait sa blessure
en entretenant Cartahu
(surnom tiré de la mâture
des grands quatre-mâts disparus).

Chaque jour rue Jules-Lecesne
défilaient des soldats anglais :
les troupes métropolitaines,
les coloniaux, les portugais,
et les sikhs conduisant des mules.
Avec les lettres majuscules
nous faisions un joli commerce.

하지만 불필요하고도 지루한 반복을
피하고 싶었는지, 암시에 그치곤 했고
그중에 하나였던 티비 마르게리트[40]는
나의 이해 범위를 벗어나는 것이었다.

이런 일이 똑같은 이름을 갖고 있던
어느 하녀를 내 기억에서 불러낸다 ;
그녀의 애인 포수는 전쟁터에 있었고
구리 포탄 위에 종이 조각을 올려놓고
그녀에게 공들여서 편지를 쓰곤 했다.
내 사촌은 카르타위[41](사라져 버린 제4대
위대한 돛대의 돛에서 생겨난 별명)와
몰래 살짝 사귀면서 전쟁터에서 그저
자신의 상처를 어루만지고 있었다.

쥘레센 가[42]와 그 부근에서 매일같이
영국에서 온 군인들이 행진을 했다 :
영국 본토에서 이곳으로 당도한 무리,
식민지 주둔 군인들, 저 포르투갈인들,
그리고 노새를 끄는 인도 시크교도들
우리는 그저 여러 가지 배지를 가지고
이리저리 서로 맞바꾸며 놀고는 했다.[43]

Bruxelle' étant aux mains adverses,

on belgifia le Nice-Havrais

et quand j'allais à Sainte-Adresse

je croyais avoir voyagé.

Les ouvriers de chez Schneider

gagnaient de l'argent tant et plus ;

pour eux : c' qu'il y avait d' plus cher !

pour les bourgeois : les résidus !

Père ne décolérait pas ;

c'était d'ailleurs un défaitiste

et préférait aux socialistes

le casque à pointe de là-bas.

Avec son ami le tailleur,

il se lamentait sur la France

dont le sort n'était pas meilleur

que celui, triste, de Byzance.

La victoire austro-germanique

ferait les pieds des francs-maçons,

des juifs et des démocratiques,

horrible bande de coçons.

적군의 손아귀에 떨어지게 된 브뤼셀,
니스아브레를 벨기에로 삼아야 했고
어쩌다 생타드레스에 가게 될 때면
나는 그저 여행한 것이라 생각했다.[44]

슈나이더 공장에서 일하는 노동자들은
실로 어마어마하게 많은 돈을 벌었다[45] ;
그들에게는 : 비싼 것이라고는 없었다!
부르주아들에게는 : 찌꺼기뿐이었다!
아버지는 당신의 분노를 참지 않았다 ;
게다가 아버지는 또한 패배주의자였고
당신은 사회주의자보다 오히려 그들이
쓰곤 했던 뾰족한 투구를 더 좋아했다.

아버지는 당신의 친구 재단사와 함께,
비잔틴, 동로마 제국의 저 서글픈 운명
보다 더 나을 것이 없는 운명을 가진
우리 프랑스에 대해 길고도 긴 탄식을
늘어놓았다. 오스트리아와 게르만족의
승리는 프리메이슨 단원들, 유대인들
그리고 또한 민주주의자들, 저 끔찍한
벌레들에게는 그저 잘된 일이었다.[46]

Il s'abonnait aux journaux suisses

pour lire les communiqués

allemands, réelles délices ;

mais il n'osait trop se vanter

chez son coiffeur, un patriote,

qu'il trouvait que : « Je les grignote »

ce n'était qu'une absurdité.

Ainsi j'appris à suspecter

la véracité des gazettes,

à calmement envisager

une vraisemblable défaite.

Aussi deux ou trois ans plus tard

lorsque je me crus helléniste,

je joignis à ce scepticisme

le goût des éditions Teubner.

« Vivement la paix » me disais-je

« et que l'on aille en Allemagne

étudier la langue grège

et la latine, sa compagne. »

아버지는 현실에 꿀맛을 가져다 주는
독일에서 발간된 성명서를 읽으려고
스위스 신문을 정기 구독하기도 했다 ;
하지만 애국자, 이발사네에서 그는, 자기가
"나는 독일군을 통째 씹어먹고 있다"[47]는
말을 터무니없는 잡설로 여기고 있다는
사실을 함부로 떠들어 대지는 못하셨다.

이렇게 해서 나는 신문에서 떠벌이는
진실을 의심하는 방법을 배웠으며
사실로 알려진 전쟁의 패배 따위를
차분하게 되돌아보는 방법도 배웠다.
마찬가지로 이삼 년 가량의 세월이
흘러 나 자신 스스로를 그리스주의자로
여기게 되었을 무렵, 나는 토이프너[48]
출판사의 취향을 이 회의주의와 연관
지었다. 나는 되뇌고 있었다 "평화가
어서 오기를" 또 "그리스어와 그 짝꿍
라틴어를 배우러 독일로 가자"라고.[49]

☆

Ma grand-mère était sale et sentait si mauvais
que de plus d'une dame on ne revit l'ombrelle.
Sur un registre noir mon ancêtre collait
des bouts d'échantillon, ruban, crêpe ou dentelle.
Pour fixer ces chiffons mon aïeule employait
la colle de poisson gluant dans une écuelle.
Mon père laissait faire et se désespérait
des mauvais résultats de cet excès de zèle :
la guerre et cette odeur à coup sûr le ruinaient,
le magot s'effritait, se vidait l'escarcelle.
Ma mère défendait sa mère et rappelait
à mon père son origine tourangelle
et paysanne que ma mère méprisait,
car elle se disait bourgeoise et demoiselle,
fille de capitaine et fille de Havrais.
J'étais fort affecté de ces longues querelles
et de voir que mon père irrité bégayait
devenait rouge vif et perdait sa tutelle
et de voir que ma mère en fureur bafouillait
devenait pâle et blême et perdait la cervelle

☆

나의 할머니는 더러웠고 아주 고약한 냄새를 풍겨
손님은 코빼기도 보이지 않을 정도로 다시는 오지
않았다. 나의 조상들은 검은색 장부 노트 위에다가
리본이나 베일, 더러 레이스의 샘플 조각을 붙였다.
이 헝겊들을 다닥다닥 비끄러매려고 할아버지께서는
끈적거리는 부레풀을 커다란 사발에 담아 사용했다.
아버지는 할아버지가 그렇게 하시도록 그냥 놔뒀고
반면 이 과도한 열정의 형편없는 결과에는 절망했다 :
전쟁과 이 냄새는 그를 단박에 파산으로 이끌었다,
모아 놓은 돈은 가루가 되었다, 돈주머니가 비었다.
어머니는 자기 엄마, 즉 할머니를 보호했다 그리고
어머니는 아버지에게 할머니가 어머니도 경멸했던
투르 지방 농부 출신이라는 사실을 상기시켰는데,
그건 어머니가 자신을 부르주아이자 격조 있는 여인,
대위의 딸이자 르아브르의 딸로 여겼기 때문이었다.
식사 시간에 테이블에 바짝 붙어 앉아 할머니께서
당신의 발등 위로 당면 가락을 떨어뜨리고 있을 때
벌겋게 달아올라 역정을 내시며 자신의 영향력이
줄어들어 말을 더듬거리는 아버지를 보면서 그리고
분노에 사로잡혀 이말 저말 늘어놓으며 창백하게

cependant que grand-mère à table s'attablait
et laissait à ses pieds tomber le vermicelle.
Quelquefois les rivaux dans le champ m'invitaient
voulant que je formule un avis sans cautèle.
Pour papa ? pour maman ? prendre parti n'osais
bien que peu favorable à l'élément femelle.
Comme depuis deux ans mince la clientèle,
la boutique marchait seule sans le patron,
mon père m'emmenait avec lui au Gaumont
voir se multiplier les tours de manivelle.

Nous allions au Pathé, au Kursaal où grommelle
la foule des marins et des rôdeurs du port,
nous allions au Select où parfois je m'endors
quand solennellement gazouille un violoncelle.

Pendant que les Anglais échouent aux Dardanelles,
pendant que les Français résistent à Verdun,
pendant que le Cosaque écrasé par le Hun
s'enfuit en vacillant de terreur sur sa selle,

pour la première fois les illustres semelles

질려서 정신줄을 아예 놓아 버리는 어머니를 보면서
나는 이 기나긴 가족의 싸움에 몹시 상처를 받았다.
간혹가다 이 두 라이벌은 눈치를 보는 대신에 내가
의견을 표명하길 바라며 나를 이 전쟁터에 초대했다.
아빠 편이야? 엄마 편이야? 나는 여성에게 호의적인
것이 없다시피 했으나 감히 다른 편을 들지는 못했다.[50]
2년 전부터 손님들이 부쩍 줄고 있는 추세였으며,
따라서 가게도 주인 없이 홀로 돌아가고 있었다,
아버지는 나를 고몽 극장에 데리고 가곤 하셨고
당시 증가하고 있던 영화 촬영 현장을 보여 주셨다.

우리는 선원들 무리와 항구 사람들이 어슬렁거리며
북적대고 있는 파테 극장, 쿠르살 극장에 가곤 했다,[51]
우리는 첼로 연주가 성대하게 울려 퍼지는 동안
가끔 내가 졸기도 했던 셀렉트 극장에 가곤 했다.

영국군이 다르다넬스 해전에서 패배를 거듭하는 동안,[52]
프랑스군이 베르됭 전투에서 끈질기게 저항하는 동안,
훈족[53]에게 짓밟혀 버린 러시아 기병이 공포에 떨면서
제 말 안장에 몸을 싣고 달아나기에 급급해하는 동안,[54]

몽유병자나 혹은 권투 선수이자 선원이거나, 경찰관,

de Charlot vagabond, noctambule ou boxeur
marin, policeman, machiniste ou voleur
écrasent sur l'écran l'asphalte des venelles.

(Lorsque nous aurons ri des gags par ribambelles,
de la tarte à la crème et du stick recourbé,
lors nous découvrirons l'âme du révolté
et nous applaudirons à cet esprit rebelle.)

Pendant que des cow-boys avec leurs haridelles
gardaient non sans humeur des vaches et des veaux,
pendant que des bandits travaillant du cerveau
cambriolaient selon des méthodes nouvelles,

pendant que des putains infidèles et belles
menaient au désespoir de jeunes élégants,
pendant que des malheurs pour le moins surprenants
arrivaient par milliers à de blondes pucelles,

pendant que sur la face étanche de la toile
les flots de l'Océan humide déferlaient,
pendant que par barils le sang humain coulait

기계 수리공이나 혹은 도둑놈, 혹은 방랑자 샤를로의
꽤나 유명해진 구두가 최초로 영화관을 메운 저 화면
위에서 골목길과 아스팔트를 이러저리 짓밟고 있다.[55]

(연달아 이어지는 익살들, 뻔하고 시시껄렁한 대사와
끝이 꼬부라진 지팡이에 우리가 웃음을 터뜨릴 때,
바로 그때 우리는 반항아의 영혼을 발견할 것이며
반항하는 이 정신을 향해 우리는 갈채를 보낼 것이다.)

카우보이들이 저들의 야위고 지친 말들을 이끌고
성질을 부리며 암소와 송아지를 지키고 있는 동안,
강도들이 한껏 머리를 굴려 가면서 새롭게 고심한
작전에 짜맞추어 마구잡이로 도둑질을 하는 동안,[56]

바람기로 가득한 저 거리의 아름다운 창녀들이
수줍고 고상한 젊은이들을 절망으로 이끄는 동안,
아주 조금의 놀라움도 없이 어떤 불행이 숱하게
아름다운 금발 처녀들에게 기어이 당도하는 동안,[57]

물이라고는 스며들지 않는 거대한 영화 화면 위로
축축한 바다 저 대양의 파도가 날개를 펼치는 동안,
화면의 저 새하얀 천을 조금도 물들이지 않고서

sans teinter le tissu blanchâtre de ce voile,

je cherchais à revoir l'image palpitante
d'un enfant dont le sort tenait aux anciens jours
mais ne parvenais pas à remonter le cours
d'un temps que sectionna la défense humiliante.

사람들의 피가 콸콸콸콸 한없이 쏟아지는 동안,

나는 지난날에 제 운명을 매어 놓은 한 아이의
꿈틀거리는 모습을 다시 보려고 애써 보았으나
부끄러운 방어 기제에 의해 선택된 어떤 시간의
흐름을 거슬러 올라가는 데까지 이르지는 못했다.

☆

Le monde était changé, nous avions une histoire,

je me souvenais d'un passé,

lorsque dans l' *Épatant* Croquignol Filochard

Ribouldingue s'étaient montrés,

du temps où le *Bon-Point* d'une autre couverture

se revêtait pour l'acheteur

espérant, le naif, confier à la reliure

ces fascicules en couleur,

de journaux disparus, des mardi-gras en masques,

des récréations d'autrefois

dans la cour où blessés fument des porte-casque,

et du couronnement des rois.

J'ai maintenant treize ans — mais que fut mon enfance?

Treize est un nombre impair

qui préside aux essais de sauver l'existence

en naviguant dans les enfers.

Treize moins huit font cinq — de cinq à la naissance

la nuit couvre cet avant-hier,

☆

세상이 바뀌었다, 우리에게 뭔가 일어났었다,
나는 과거의 어떤 순간들을,
크로키뇰 필로샤르 리불댕그[58]가
《에파탕》에 등장했을 때,
《봉-푸엥》[59]이, 구매자가 늘어나길
바라며, 순진하게,
컬러로 된 낱권으로 제본을 맡기고,
표지를 바꾸었던 시절을,
사라진 신문들을, 가면을 쓴 마르디 그라[60]를,
철모를 썼던 부상병들이
지금은 담배를 피우고 있는 옛 운동장을,
그리고 왕들의 대관식을 기억하고 있었다.

이제 나는 열세 살이다 ─ 헌데 나의 유년 시절은 뭐였나?
열셋은 지옥을 떠돌아다니며
생명을 구해 낼 책임을 떠맡곤 하는
불완전한 숫자다.

13 빼기 8은 5 ─ 다섯 살에서 태어날 때까지
밤이 이 시기를 뒤덮고 있다,

caverne et souterrains, angoisse et pénitence,
ignorance et mystère.

Le monde était changé, j'avais donc une histoire
comme la France ou l'Angleterre
et comme ces pays je perdais la mémoire
des premiers jours de cette guerre.

J'élève une statue aux pantins qu'agitèrent
mes mains avant de les détruire,
mais ne sais le vrai sens et le vrai caractère
de mes prétendus souvenirs.

Cette brume insensée où s'agitent des ombres,
comment pourrais-je l'éclaircir ?
cette brume insensée où s'agitent des ombres,
— est-ce donc là mon avenir ?

은신처와 지하실들, 불안과 고해성사,
무지와 신비.

세상이 바뀌었다, 따라서 나에게도 뭔가 일어났었다
프랑스 혹은 영국처럼 말이다
그리고 이 두 나라처럼 나는 이 전쟁의
초반에 대한 기억을 잃어버렸다.

망가뜨리기 전 손에 쥐고 흔들곤 했던 꼭두각시
인형들에게, 나는 조각상 하나를 세워 준다,
허나 소위 나의 회상이라고 하는 것의 진정한
의미와 진정한 성질을 나는 알지 못한다.

그림자들이 떠돌아다니는 이 터무니없는 안개,
나는 어떻게 이것을 걷어 낼 수 있을까?
그림자들이 떠돌아다니는 이 터무니없는 안개,
— 그러니까 여기가 바로 나의 미래일까?

☆

« Tu étais » me dit-on « méchant,
tu pleurnichais avec malice
devant des gens de connaissance,
c'était vraiment très embêtant.

« Tu chiâlais, enfant, comme un veau
et tu n'en faisais qu'à ta tête,
tu hurlais pour une calotte
et tu ameutais les badauds.

« Tu barbouillais de chocolat
tes beaux vêtements du dimanche
sous le prétexte que ta tante
avait oublié tes soldats.

« Maintenant tu es devenu
le plus grand cancre de ta classe,
nul en gym' et en langue anglaise
et chaque jeudi retenu.

☆

내게 말했지 "너는 못됐구나,
너는 아는 사람들 앞에서
장난삼아 홀쩍거리는구나,
그땐 정말로 골치를 썩였다."

"애야, 너는 울었구나, 송아지처럼
그렇게 너는 고집을 피울 뿐이었지,
따귀 한 대에 너는 울부짖는구나
그리고 너는 구경꾼들도 선동했지."

"네 이모가 너의 장난감 군인을
깜빡 잊었다고 핑계를 대면서
너는 일요일에 깨끗한 네 옷을
초콜릿으로 마구 더럽혔구나."

"이제 너는 너희 반에서
제일가는 열등생이 되었구나,
체육도 영어도 형편없어
매주 목요일 나와야 했지."[61]

« Sur des dizaines de cahiers
tu écris de longues histoires,
des romans, dis-tu, d'aventures ;
mon fils, te voilà bon-à-lier.

« Tu connais tous les pharaons
de la très vénérable Égypte,
tu veux déchiffrer le hittite,
mon fils, tu n'es qu'un cornichon.

« Je vois que tu transcris les noms
et les oeuvres des géomètres
anciens tels que cet Archimède,
mon fils, tu n'as pas de raison. »

Alors je me mis au travail
et décrochai plus d'un diplôme.
Hélas ! quel pauvre jeune homme
plus tard je süis devenu.

"네 열 권 가량의 노트에
너는 긴 이야기를 적는구나,
모험 소설이라고 너는 말하는구나;
애야, 너는 아주 푹 빠진 게로구나."[62]

"너는 정말이지 거룩한 이집트의
파라오 따위를 죄다 알고 있구나,
너는 히타이트어를 해독하는구나,
애야, 너는 그저 멍텅구리일 뿐이란다."

"아르키메데스의 그것 같은
옛 기하학 서적들과 이름들을
네가 베껴 적는 게 보이는구나,
애야, 너는 정신이 나갔구나."

그렇게 나는 공부를 시작했고
나는 하나 이상의 학위를 땄다.[63]
오호라! 훗날 내가 되게 될
가엾은 젊은이가 여기 있네.

II

To Infancy, o Lord, again 1 come
That I my Manhood may improve.

TRAHERNE

2부

오! 주여, 좀 더 남자답게 돼 보려고
저는 어린 시절로 되돌아왔습니다.

트라헌[64]

Je me couchai sur un divan

et me mis à raconter ma vie,

ce que je croyais être ma vie.

Ma vie, qu'est-ce que j'en connaissais ?

Et ta vie, toi, qu'est-ce que tu en connais ?

Et lui, là, est-ce qu'il la connaît,

sa vie ?

Les voilà tous qui s'imaginent

que dans cette vaste combine

ils agissent tous comme ils le veulent

comme s'ils savaient ce qu'ils voulaient

comme s'ils voulaient ce qu'ils voulaient

comme s'ils voulaient ce qu'ils savaient

comme s'ils savaient ce qu'ils savaient.

Enfin me voilà donc couché

sur un divan près de Passy.

Je raconte tout ce qu'il me plaît :

je suis dans le psychanalysis.

Naturellement je commence

par des histoires assez récentes

que je crois assez importantes

par exemple que je viens de me fâcher avec mon ami Untel

나는 소파 위에 몸을 눕혔다[65]
그리고 내 인생을 이야기하기 시작했다,
내 인생이라고 내가 믿고 있었던 것을.
내 인생, 이것에 대해 내가 뭘 알고 있는가?
그리고 너의 인생, 너, 너는 그것에 대해 뭘 알고 있는가?
그리고 그, 여기에 있는, 그는 알고 있는가,
자기 인생을?
봐라, 모두가 한통속이 되어
자기가 바라는 대로 행동한다고
상상하는 자들이 죄다 여기에 있다
마치 자신이 바라는 것을 자신이 알고 있다는 듯
마치 자신이 바라는 것을 자신이 바라고 있다는 듯
마치 자신이 알고 있는 것을 자신이 바라고 있다는 듯
마치 자신이 알고 있는 것을 자신이 알고 있다는 듯.
아무튼 이런 까닭에 나는 파시 근처에 와서
소파 위에 누워 있는 것이다.
나는 그가 나를 좋아할 만한 건 뭐든 말한다 :
나는 정신분석가에게 와 있다.
당연히 나는 내가 비교적
중요하다고 여기고 있는
비교적 최근의 일들
예컨대 비밀이라는 이유[66]로 최근 친구 아무개에게 내가

pour des raisons confidentielles

mais le plus important

c'est que

je suis incapable de travailler

bref dans notre société

je suis un désadaptaté inadapté

né –

vrosé

un impuissant

alors sur un divan

me voilà donc en train de conter l'emploi de mon temps.

Je raconte un rêve :

un homme une femme

se promènent près d'une rivière,

un crocodile derrière

eux

les suit comme un chien.

Ce crocodile c'est moi-même

qui suis docile comme un chien

car quelque étrange magicien

m'a réduit à cette ombre extrême,

화를 냈던 것에서 시작한다
허나 가장 중요한 건
뭐냐 하면
내가 일을 할 수 없다는 것이다
요컨대 우리 사회에서
나는 적응력을 상실한 사람 부적합한 사람
신경-
쇠약 환자
무능한 사람이라서
그래서 소파 위에서
내 일과표나 주절거리는 중이라는 거다.

나는 어떤 꿈을 이야기한다 :
한 남자 한 여자가
강 근처를 산책하고 있다,
이 두 사람
뒤에서 악어 한 마리가
그들을 마치 개처럼 쫓고 있다
이 악어는 개처럼
다루기 쉬운 나 자신인데
그건 어느 이상한 마술사가
나를 그 그림자 안에다 넣어 버렸기 때문이다,

quelque étrange maléfacteur,

un jeteur de sorts, un damneur,

un ensemenceur d'anathèmes.

Moi ? docile ? mais ? plus tard ? ne me suis-je pas révolté ?

Moi ? docile ? un rebelle ?

J'ai cru me révolter et je me suis puni.

Le crocodile est mon enfance

nue

mon père agonisant gorgé de maladies

et mon amour

qui doit être puni

mon amour et mon innocence

mon amour et ma patrie

mon amour est ma souffrance

mon amour est mon paradis

le vert paradis des amours.

Pourquoi ce retour à l'enfance

pourquoi donc ce retour, toujours ?

et pourquoi cette persistance

pourquoi cette persévérance

et pourquoi cette pestilence ?

주술을 부리는 어느 이상한 악당이,
운명의 마녀가, 저주를 퍼붓는 자가
파문의 씨앗을 뿌리는 자가.

나? 다루기 쉽다고? 그러나? 훗날에? 반란을 일으키지는
  않을까?
나? 다루기 쉽다고? 반역자라고?
나는 반란을 일으킬 거라 믿었고 그래서 나는 벌을 받았다.
악어는 벌거벗은 나의
유년 시절이다
질병을 잔뜩 머금고 죽어 가던 내 아버지와
분명 벌을 받았을
내 사랑
내 사랑 그리고 내 결백
내 사랑 그리고 내 조국
내 사랑은 내 고통이다
내 사랑은 내 천국이다
사랑으로 가득한 푸르른 천국.[67]
왜 어린 시절로 돌아오냐고
그러니까 왜, 항상, 되돌아오는 것인데?
또 왜 이렇게 고집을 피우는 것이며
왜 이렇게 끈덕진 것이며

Un grand M mon moi revêtait,

car impuissant je ricanais

me repaissant de ma souffrance.

또 왜 이렇게 독하게 구는 것이냐고?
내 고통을 내가 즐기면서
무능함을 비웃었더니,
커다란 **자아**가 내 자아를 삼켜 버렸다.

☆

Il y a tant de rêves qu'on ne sait lequel prendre,

mes rêves durent des années,

mes rêves sont multipliés

par les récits à faire et les dire à entendre.

Je t'apporte l'enfant d'une nuit bitumée,

l'aile est phosphorescente et l'ombre, illuminée

par ces reflets de vérités,

charbons cassés brillants, reflète en chaque grain

le papillon réel et qui revient demain.

Les bouchons sur la mer indiquent les filets,

dans la barque l'on peine et l'on ahane,

les algues pendent aux crochets,

le poisson crève au vent, puis grille sur la flamme.

Et qu'as-tu donc pêché maintenant que l'hiver approche ?

Des espaces sont désossés

et des plaines défrichées

et plus d'une tortue meurt dans sa carapace.

☆

꿈이 많아서 무얼 선택해야 할지 모르겠다,
내 꿈은 몇 년씩 지속되었다,
내 꿈은 만들어 내지 않으면 안 되는 이야기들과
귀 기울이지 않으면 안 되는 말들로 점점 늘어났다.[68]

아스팔트 깔린 *밤으로부터 아이를 당신에게 데려온다,*[69]
날개는 청백색 그리고 그림자는 그들 진실에
반사되어, 깨어져 눈부시게 빛나는 석탄에 의해,
빛을 받아 하나하나 알갱이로,
내일 되돌아올 현실의 나비를 비추고 있다.

바다 위 떠 있는 코르크가 그물을 가리킨다,
작은 배에서 사람들이 애쓰며 거친 숨을 뿜어내고 있다,
해초가 갈고리에 매달려 있다,
물고기가 바람에 맞아 죽는다, 그런 다음, 불에 구워진다

겨울이 다가오는데 너는 지금 낚시를 했는가?
공간들이 뼈를 드러내고 있다
그리고 평원이 개간된다
그리고 한 마리 이상의 거북이가 껍질 속에서 죽어 가고 있다.

Tes songes sont moins secs que la queue d'un hareng

et les explications certaines.

La poésie est morte, le mystère est râlant,

dis-je.

Il faut revenir en arrière,

où que tu ailles tu te heurtes le nez.

Tu viens de passer le sevrage

et tu crois voir la nuit l'autre réalité :

ce ne sont que parents au temps de ton jeune âge.

너의 몽상이 청어 꼬리와 다소간의
설명보다 더 건조한 것은 아니다.
시는 죽었다, 신비는 숨을 헐떡이고 있다,
고 나는 말한다.
뒤로 되돌아와야만 한다,
네가 가야 하는 곳에 너는 코를 부딪친다.
너는 방금 젖먹이에서 벗어났다
그리고 너는 밤을 다른 현실을 볼 거라고 믿는다 :
그것은 네 나이가 젊었을 때의 네 부모일 뿐이다.

☆

L'herbe : sur l'herbe je n'ai rien à dire
mais encore quels sont ces bruits
ces bruits du jour et de la nuit
Le vent : sur le vent je n'ai rien à dire

Le chêne : sur le chêne je n'ai rien à dire
mais qui donc chantonne à minuit
qui donc grignote un pied du lit
Le rat : sur le rat je n'ai rien à dire

Le sable : sur le sable je n'ai rien à dire
mais qu'est-ce qui grince ? c'est l'huis
qui donc halète ? sinon lui
Le roc : sur le roc je n'ai rien à dire

L'étoile : sur l'étoile je n'ai rien à dire
c'est un son aigre comme un fruit
c'est un murmure qu'on poursuit
La lune : sur la lune je n'ai rien à dire

☆

풀 : 풀에 관해 나는 할 말이 하나도 없네
그런데 여전히 들리는 이 소리 밤에도
낮에도 나는 이 소리는 대체 무엇이냐
바람 : 바람에 대해 나는 할 말이 하나도 없네

떡갈나무 : 떡갈나무에 관해 나는 할 말이 하나도 없네
그런데 누가 고양이 새끼를 자정에 낳는가
그러니까 누가 침대 발을 갉아 먹는가
쥐 : 쥐에 대해 나는 할 말이 하나도 없네

모래 : 모래에 관해 나는 할 말이 하나도 없네
그런데 누가 이빨 가는 소리를 내는가 그러니까
헐떡이는 건 덧문인가? 아니면 그자인가
바위 : 바위에 관해 나는 할 말이 하나도 없네

별 : 별에 관해 나는 할 말이 하나도 없네
그것은 어떤 과일처럼 날카로운 소리
그것은 우리가 쫓고 있는 속삭임
달 : 달에 관해 나는 할 말이 하나도 없네

Le chien : sur le chien je n'ai rien à dire

c'est un soupir et c'est un cri

c'est un spasme un charivari

La ville : sur la ville je n'ai rien à dire

Le coeur : sur le coeur je n'ai rien à dire

du silence à jamais détruit

le sourd balaye les débris

Le soleil : ô monstre, ô Gorgone, ô Méduse

ô soleil.

개 : 개에 관해 나는 할 말이 하나도 없네
그것은 탄식 그리고 그것은 비명
그것은 경련 떠들썩한 소란
도시 : 도시에 관해 나는 할 말이 하나도 없네

심장 : 심장에 관해 나는 할 말이 하나도 없네
침묵이 영영 파괴되는구나
귀머거리가 비로 부스러기를 쓸고 있구나
태양 : 오 괴물이여, 오 고르곤[70]이여, 오 메두사여
오 태양이여.

☆

La Science de Dieu : le soleil c'est le diable.

Comment expliquer une telle inversion ?

Dans le Soleil règne le Mal :

c'est là que cuisent les démons.

Le Soleil est une poubelle,

un dépotoir et un charnier,

c'est l'enfer !

    on y jette à pelle-

que-veux-tu l'âme des damnés.

« Un des satans de l'Univers,

partant, comme un vrai tartufe,

il porte le manteau de Dieu ;

c'est un sépulcre blanchi,

plein d'ossements et pourriture.

Pour tromper les âmes, Satan

s'habille en ange de lumière.

« Son noyau est excrémentiel.

☆

『신의 과학』[71] : 태양 그것은 악마.
이런 도치를 어떻게 설명할까?
태양에서 **악**이 군림한다 :
악마들이 달군 게 바로 태양이다.

태양은 쓰레기통,
오물 처리장 그리고 시체 안치소다,
그것은 지옥이다!
　　　　우리는 거기에 네가-
원하는-만큼 던진다 저주받은 자들의 영혼을.

"**우주**의 사탄 가운데 하나,
떠나가면서, 진짜 위선자처럼,
그는 신의 망토를 걸치고 있다 ;
그것은 해골과 썩어 가는 시체로
가득한 새하얀 무덤.
영혼을 속이려고, 사탄은
빛나는 천사처럼 옷을 입는다.

그의 세포는 배설물.

Fosse d'aisances du système,

dans un mouvement névreux,

un frottement acrimonieux,

vivent les âmes des damnés

des différentes planètes.

Insulté par ces cris sauvages,

l'astre brillant de l'univers

de l'oeuf céleste se révèle

le jaune,

et sur terre un louis d'or.

Du côté de Barcelonnette,

au solstice du printemps,

on lui offrait une omelette

et les prêtres d'Uitzilopotchli

emmerdaient sa statue,

car à chaque aube il revit

et porte sur son visage

la trace de son ordure.

Du Minotaure la danse

dans le dédale souterrain

de ces multiples renaissances

조직은 우아한 묘혈,
열에 들떠 움직이며,
독살스레 비벼 대며,
서로 다른 행성의 저 저주받은
자들의 영혼이 살아간다."[72]
야만적인 이 고함에 모욕당한,
우주의 빛나는 별
천상의 알이 드러낸다
노른자위를,
그리고 자상 위로 루이 금화 한 닢을.[73]

바르셀로네트[74] 근처에서,
춘절을 맞이하여,
그는 오믈렛을 제공받았다[75]
그리고 위칠로포치틀리[76]의 신부들이
제 조각상을 더럽힌 것은,
새벽마다 그가 부활하고
얼굴에 제 배설물의 흔적을
지니고 있기 때문이다.[77]
미노타우로스[78]의 춤
갈수록 복잡하게 거듭나는
다이달로스의 지하 미궁이

est le symbole quotidien,

car il trace sous l'horizon

sa route à travers les étoiles.

Ce labyrinthe est l'intestin

et le Minotaure — un soleil.

Où se joignent les trois jambes

du symbole de Lycie,

j'ai vu, source de ma vie !

la roue solaire qui flambe

et j'ai vu le Gorgoneion

la noble tête de Méduse,

ce visage ah ! je le reconnais,

je reconnais l'affreux visage

et le regard qui pétrifie,

je reconnais l'affreuse odeur

de la haine qui terrifie,

je reconnais l'affreux soleil

féminin qui se putréfie,

je reconnais là mon enfance,

mon enfance encore et toujours,

source infectée, roue souillée,

tête coupée, femme méchante,

나날의 상징인 까닭은,
별을 보며 그가 지평선 아래서
제 길을 찾을 수 있기 때문이다.
이 미로는 창자다
그리고 미노타우로스 — 태양.
거기서 리키아의 상징, 세 개의
다리가 결합한다,[79]
나는 보았다, 내 삶의 원천!
활활 타오르는 태양의 톱니를
그리고 나는 고르곤을 보았다
메두사의 저 고귀한 머리를,[80]
아아! 나는 알겠다 이 얼굴을,
나는 알겠다 이 무시무시한 얼굴을 그리고
보는 자를 돌로 만들어 버리는 시선을,
나는 알겠다 공포를 뿜어내는
증오의 저 역겨운 냄새를
나는 알겠다 썩어 있는
역겨운 이 여성적인 태양을,
나는 그곳에서 알아본다 내 어린 시절을,
언제까지나 영원할 내 어린 시절을,
오염된 원천, 더럽혀진 운명,
잘려 나간 머리, 심술궂은 여인,

Méduse qui tires la langue,

c'est donc toi qui m'aurais châtré ?

혀를 내미는 메두사여,
역시 나를 거세하려 한 건 바로 너인가?

☆

Le voisin de droite éteint sa tsf,

le voisin de gauche arrête son phono,

la voisine d'en haut cesse de glapir.

la voisine d'en bas ferme son piano.

Les gens ne tirent plus sur la chasse d'eau,

l'ascenseur ne chahute plus dans sa cage,

les camions ne tonnent plus sur le pavé,

dans la rue se tait le claxon des autos,

Sur le fleuve la sirène, et dans les gares

la locomotive, et partout la machine,

et la rumeur de la ville se dissout.

Le vent même ne fait plus bruire les arbres.

Personne ne crie personne ne parle et rien ne chante,

ni souflle, ni murmure, ni fracas,

mais quelque part il y a tant de bruit,

tant de hurlements, tant de bavardages, et qu'on n'entend pas.

☆

오른쪽 이웃 남자는 무선 라디오를 끈다,
왼쪽 이웃 남자는 축음기를 멈춘다,
위쪽 이웃 여자는 내지르던 소리를 그친다.
아래쪽 이웃 여자는 피아노를 닫는다.

사람들은 이제 변기의 물을 내리지 않는다,
엘리베이터는 이제 제 철창 안에서 소란을 피우지 않는다,
트럭은 이제 포장도로 위에서 요란을 떨지 않는다,
거리에서 자동차의 클랙슨이 소리를 내지 않는다,

강 위에서 사이렌이 그리고 역에서
기관차가, 그리고 사방에서 기계가,
그리고 도시의 소문이 녹아 버린다.
바람조차 이제 나무를 소리 나게 하지 않는다.

누구도 소리치지 않는다 누구도 말하지 않는다 그리고
    아무도 노래하지 않는다,
숨결도, 속삭임도, 굉음도 들리지 않는다,
그러나 어딘가에서 엄청난 잡음 소리가,
엄청난 울부짖음, 엄청난 수다 소리가 난다, 듣지 못할

Il y a une petite voix qui parle et qui parle et qui parle
et qui raconte des histoires à ne plus dormir.
Il y a une grosse voix qui gronde et gronde et gronde
et dont la colère est un tintamarre à n'en plus finir.

Je cherche le silence et *cherche après Titine,*
et Titine est ma mère après associations.
Le silence est celui de la chambre nuptiale
lorsque l'époux s'endort après son inaction.

L'amour viendra vers moi si le calme triomphe,
vérité de mon geste et sa dénonciation :
je sais pourquoi j'agis en dépit de ce monde.
Il faudrait que cela devînt ma guérison.

J'entends grincer en moi mille poulies de mort
et crisser sans répit de méchantes girouettes.
Comme Raymond, j'enlève une nonne sanglante
et la nonne est ma mère — après associations.

« Monsieur » lui ai-je dit « vous blaguez un peu fort !
Je ne puis supporter la turlupination

정도로.

말하고 또 말하고 또 말하고 또 더는 잠을 청하지 못하게
이야기를 풀어놓는 작은 목소리가 있다.
꾸짖고 또 꾸짖고 또 꾸짖는 굵직한 목소리가 있어
분노가 소란으로 변한 후 끝날 줄을 모른다.

나는 침묵을 찾는다 그리고 *티틴*을 찾아 *헤맨다*,[81]
그리고 티틴은 연관성을 따지자면 내 어머니다.
남편이 아무것도 하지 않은 채 잠에 빠져들면
침묵은 신방(新房)의 침묵으로 변한다.

평온이 지배하면 나에게로 사랑이 당도할 것이다,
내 몸짓의 진실 그리고 내 몸짓의 고발 :
나는 안다 왜 내가 이 세상에 맞서 행동하는지.
이것은 나의 치료가 되어야만 할 것이다.

나는 죽음의 도르래 천 개가 내 안에서 삐걱거리는 소리를
심술궂은 풍향계들이 쉬지 않고 삐걱대는 소리를 내 안에서
　　　듣는다.
레몽과 마찬가지로, 나는 피에 젖은 수녀[82]를 제거한다
그리고 수녀는 ── 연관성을 따지자면 ── 나의 어머니이다.

que vous me dites être une psychanalyse.

Je m'en vais promener jusqu'à la Saint Glinglin. »

Cependant je revins ! j'étais devenu muet.

Le silence est donc double et j'essaie de cet autre,

mais si dire est pénible, encor bien plus se taire.

L'analyse reprend son cours interrompu.

"선생님!" 나는 그에게 말한다 "농담이 좀 지나치네요!
정신분석가라고 나에게 말하며 당신이
늘어놓는 상스러운 농담을 나는 견딜 수가 없소.
나는 산책하러 나가서 다시는 돌아오지 않을 것이오."

하지만 나는 돌아왔다! 나는 입을 다물게 되었다.
침묵은 따라서 두 배가 되고 나는 다른 사람과 시도해 본다,
하지만 입을 다무는 것보다 말하는 게 더 고통스럽다.
분석이 다시 시작되고 그의 치료는 중단되지 않는다.

.

☆

Chaque jour un chemin régulier me conduit
d' Vaugirard à Passy
en traversant Javel (Usines Citroën)
et le fleuve la Seine.

Je prends chaque matin un café grande tasse
au bistrot près du pont.
Dans le noir jus je trempe une tartine grasse
(moi je trouve ça bon).

Puis je monte une rue où parfois grimpe un tram,
où parfois pisse un chien.
Dans un nouvel immeuble où flotte encor le sable
loge le médecin.

Il offre à mon service un divan pas très long
(je suis de grande taille).
On analyse alors cette association
— ce n'est pas un détail.

☆

자벨(시트로엥 공장 지대)과 센 강변을
가로지르며
보지라르에서 파시[83]까지 길이 매일
나를 맞이한다.

매일 아침 나는 커다란 잔에 커피를 마신다
다리 부근 비스트로에서
시커먼 커피에다 나는 두툼한 빵을 적신다
(나는 이게 맛있다.)

이후 나는 전차가 가끔 기어오르고, 어쩌다 개가
오줌을 싸는 거리를 올라간다.
아직도 여기저기 모래가 남아 있는 새 건물에
의사가 살고 있다.

그[84]는 그다지 길지 않은 의자를 나에게 제공한다
(나는 키가 큰 편이다.)[85]
그러고는 그 연관성을 분석하기 시작한다
── 이것은 사소한 일이 아니다.

Car rien n'est un détail : ça devient agaçant,
on n' sait plus où se mettre,
Et si je trouve qu'il a le nez un peu grand,
ça doit me compromettre.

Il faut pourtant tout dire, et le plus difrieile.
Si je n'hésite pas
à narrer des écarts sexuels et infertiles,
ce m'est un embarras

de parler sans détours de mort et de supplices
et d'écartèlements,
de bagnes, de prisons où de vaches sévices
rendent quasi-dément.

Mais ces liens à leur tour tomberont dénoués,
les symptômes s'expliquent
comme le crime en fin d'un roman policier :
mais ce n'est pas un crime !
Car si privé d'amour, enfant, tu voulus tuer
ce fut toi la victime.

그 무엇도 사소하지 않다 ; 신경질적으로 되어 버린다,
어디서 시작해야 하는지 더는 알지 못한다,
또한 그가 약간 큰 코를 갖고 있다고 내가
여기기만 해도 나는 위태롭게 될 것이다.

그럼에도 모든 걸 말해야만 할 텐데 그게 가장 어렵다.
내가 주저하지 않고
섹스 주기와 불임에 대해 주절주절 늘어놓으면서,
죽음에 관해 그리고

형벌에 관해 그리고 도형장에 관해, 능지처참에 관해,
잔혹한 학대로 미치게
만들어 버리는 감옥에 관해 에두르지 않고 말하는 것은
내게는 곤혹스러운 일이다.

그러나 이런 끈들은 차츰 매듭이 풀리고 말 것이다,
탐정소설의 마지막에
드러나는 범죄처럼 징후들이 설명될 것이다 :
하지만 그건 범죄가 아니다!
사랑을 완전히 빼앗긴, 아이, 너는 죽이고 싶었으나
희생자는 바로 너였기 때문이다.

☆

Je n'ai donc pu rêver que de fausses manœuvres,

vaisseau que des hasards menaient de port en port,

de havre en havre et de la naissance à la mort,

sans connaître le fret ignorant de leur oeuvre.

Marins et passagers et navire qui tangue

et ce je qui débute ont même expression,

une charte-partie ou la démolition,

mais sur ce pont se livrent des combats exsangues.

Voici : le capitaine a regardé les nuages

qui démolissaient l'horizon,

il descend dans la cale où déjà du naufrage

se profile l'inclinaison.

Voici : les rats se sauvent

et plus d'un prisonnier trouve sa délivrance.

La coquille a viré pour courir d'autres chances,

et voici : l'on innove.

☆

그러니까 나는 고작해야 가짜 항해만 꿈꿀 수 있었다,
무엇이 들어 있는지 어떤 화물인지 알아보지 못하고,
르아브르 여기저기를 그리고 태어나서 죽을 때까지,
우연이 이 항구에서 저 항구로 끌고 가는 배.

선원들과 승객들 그리고 흔들리는 배 그리고
첫발을 내딛는 나는 똑같은 표정을 짓고 있다,
선박을 빌려준다는 계약 내지 선박의 해체, 그러나
피투성이의 전투가 바로 이 다리 위에서 시작된다.

보아라 : 함장이 수평선을 파괴하고 있는 구름을
바라보았다,
그는 난파되어 점점 더 기울기 시작하는
선창으로 내려가고 있다.

보아라 : 쥐들이 달아나고 있다
그리고 한 명 이상의 죄수가 석방된다.
조개껍데기가 다른 행운을 쫓으며 색을 바꾸었다,
또 보아라 : 우리는 혁신한다.

Que disent les marins ? ils grimpent aux cordages

en sacrant comme des loups,

ils ont passé la ligne affublés en sauvages,

voulant encor faire les fous.

Voici : ce navire entre dans d'autres eaux,

d'autres mers où les orages

n'ont pas détruit le balisage,

et voici : les marins ont fermé leurs couteaux.

Voici : ce ne sont plus vers de faux rivages

que nous appareillons.

La vie est un songe, dit-on,

mais deux c'est trop pour mon âge.

선원들이 뭐라 말하는가? 그들은 늑대들처럼 욕설을
뱉어 가며 밧줄로 기어오른다,
거칠고 괴상한 옷을 걸치고서 계속 미친 짓을 하려고
그들은 선을 넘어왔다.[86]

보아라 : 이 배는 들어가고 있다 폭풍우 경표(警標)가
파괴되지 않은 또 다른
해수로, 또 다른 바다로,
또 보아라 : 선원들이 자기들 칼을 거둬들였다.

보아라 : 우리가 출항하려는 곳은 이제 더는
가짜 해안이 아니다.
삶은 하나의 몽상이라고, 누군가 말한다.
내 나이에 둘은 너무 과하다.

Puis un jour il fallut payer,
la chose alors devint grave,
puis un jour il y eut des
honoraires à débourser.
C'était pourtant bien agréable
d'avoir une oreille sous la main
et dérouler sa comédie
à peu près chaque matin
devant un psychologue fin
respectueux de vos giries
et voilà que le salopard
veut faire payer ces auditions.
Du coup j'en arrive en retard
et je brouille mes associations.
Lui sans s'en faire il continue
toujours très désintéressé
à me voir mettre mon coeur à nu
(mais il en veut à ma monnaie,
ça je le sais).
Il a beau m'expliquer des choses,

☆

그런 어느 날 돈을 내야 했다,
그러자 일이 심각해졌다,
이후 어느 날 치러야 하는
진료비 같은 게 생겨났다.
한편 가까이에 들어 주는
사람을 갖는다는 것 그리고
당신의 불평을 존중해 주는
섬세한 정신분석가 앞에서
거의 매일 아침 자신의
연기를 펼치는 게 사뭇 유쾌했다
그리고 이 경청에 돈을 지불하게
만드는 비열한 놈이 있다.
대뜸 나는 늦게 도착한다
그리고 내가 떠올린 것들을 뒤섞는다.
그로 말하자면 개의치 않은 채
늘 사심이 전혀 없이 나를 마주하고
계속해서 내가 마음을 털어놓게 한다
(하지만 그는 내 돈을 원한다,
나도 그걸 잘 안다.)
그가 내게 뭔가를, 뭔가를, 뭔가를

des choses et des choses

et multiplier les gloses :

tout ça, c'est du psychanasouillis.

Il en appelle à mes complexes,

à mes instincts, à mes manies,

à mes tics, à mes réflexes

conditionnels, à mes obsessions,

à mes rationalisations —

moi, le malade, je persiste

à juger ce psychanalyste :

c'est un avide, c'est un rapace,

c'est un bonhomme âpre au gain,

c'est un rapiat plein d'audace,

un bandit de grand chemin.

« Mais dans cette société

tout travail doit être payé.

— Et l'amour de l'humanité ?

et le dévouement à la science ?

— Il s'agit de votre inconscience

et de votre agressivité.

— Faux père et vieille faïence,

tu mériterais d'être brisé.

열심히 설명해 봐도 해석을
늘어놓아 봐도 소용없다 :
이 모든 게, 비엉신분석나부랭이다.
그는 내 콤플렉스를 불러낸다,
내 본능을, 내 편벽을
내 습관을, 조건에 따른
내 반응을, 내 강박관념을,
내 합리화를 ──
환자인, 나, 나는 이 정신분석가를
판단하려고 끈질기게 물고 늘어진다 :
그는 탐욕스러운 자, 그는 집요한 자,
그는 단순히 이익에 눈먼 작자,
그는 아주 뻔뻔하고 치졸한 인간이다,
그는 대로 위 날강도다.
"하지만 이 사회에서
모든 노동은 대가를 받아야만 합니다.
── 그러면 인류에 대한 사랑도요?
그리고 과학을 향한 헌신도요?
── 문제는 바로 당신의 무의식
그리고 당신의 공격성입니다
── 가짜 아버지 그리고 낡은 그릇,
당신은 없어질 필요가 있다.[87]

— Parvenez à cette connaissance

et voyez la réalité :

je ne suis père ni bandit

mais un médecin à Passy.

— Puisque maintenant je travaille,

puisque tu as bien travaillé,

laisse-moi quelque picaille

verser en ton porte-monnaie. »

── 이러한 사실을 인정하려고 해 보세요
그리고 현실을 바라보세요 :
저는 아버지도 날강도도 아니며
파시에 있는 의사일 뿐입니다.
── 당신이 훌륭하게 일을 마친 것처럼,
지금 저는 일을 하고 있으니까,
당신 지갑을 뒤져서
내게 몇 푼을 내놓으시오."

☆

Chêne et chien voilà mes deux noms,
étymologie délicate :
comment garder l'anonymat
devant les dieux et les démons ?

Le chien est chien jusqu'à la moelle,
il est cynique, indélicat,
— enfant, je vis dans une ruelle
deux fox en wïta-
tion.

L'animal dévore et nique,
telles sont ses deux qualités ;
il est féroce et impulsif,
on sait où il aime mettre son nez.

Le chêne lui est noble et grand
il est fort et il est puissant
il est vert il est vivant
il est haut il est triomphant.

☆

떡갈나무와 개 여기에 내 이름
두 개가 있다, 섬세한 어원[88] :
신들과 악마들 앞에서 어떻게
이름을 감출 수 있겠는가?

개는 골수까지 개일 뿐이다,
개는 추잡하고, 상스럽다.
── 얘야, 나는 어느 골목에 산단다
폭스 두 마리가 교-
미를 하고 있는.

동물은 먹어 치우고 흘레붙는다.
이게 바로 동물의 두 가지 특성이다 ;
동물은 사납고 충동적이다,
동물이 어디에 코를 두는지는 다 안다.

떡갈나무는 고결하고 위대하다
떡갈나무는 강하다 그리고 힘차다
떡갈나무는 푸른 생기로 넘쳐난다
떡갈나무는 고결하고 당당하다.

Le chien se repaîtrait de glands
s'il ne fréquentait les poubelles.
Du chêne la branche se tend
vers le ciel.

Dans le Paradis y avait
un arbre de la connaissance.
Le serpent au pied se lovait
et voici perdue Innocence.

Au bois je figurais pendu,
quelle virilité peu sûre.
Du sperme naît la mandragore
dans la nuit du tohu-bohu.

Flamboie maintenant le dragon,
toison d'or, coupe d'émeraude,
chevelure couleur de gaude,
pierre tombée de son front.

Cerbère attend son gâteau de miel.

쓰레기통을 드나들지 않으면
개는 도토리로 배를 채울 뿐이다
떡갈나무의 가지는 뻗어 있다
하늘을 향해.

천국에는 인식의 나무
한 그루가 있었다.
뱀이 발치에 똬리를 틀었고
그렇게 **무구**가 상실되었다.

나는 나무에 목매달린 채 있다,
이 무슨 미덥지 않은 남성의 정력인가.
야단법석을 떠는 한밤중에
정액에서 만드라고라가 자라난다.[89]

지금 용이 번쩍거린다,
황금 털, 에메랄드 술잔,
번쩍이는 노란색 비늘들,[90]
이마에서 떨어져 내리는 구슬.

케르베로스가 꿀 과자를 기다린다.

Je l'ai nommé, c'est un monstre :
trois têtes à ce serpent de garde,
crocs ses dents, griffes ses ongles.

Il me faut trouver tous les sens
de l'ex-libris et du blason :
ce chien reflète l'analyste,
c'est encore de l'agression !

Achève ce narcissisme,
vers le lac penche ta face :
à droite fleurit l'onanisme,
et là-bas le goût pour les fesses.

Symboles oeuvres individuelles,
vous ne méritez que cela :
vous êtes comme moi mortels
et celui qui vivra verra.

Je vivrai donc puisque cet homme
m'a rendu, dit-il, clairvoyant
et que je sais de l'inconscient

나는 이름을 붙였다, 그것은 괴물이다 :
머리가 셋 달린 이 문지기 뱀,
이빨은 갈고리, 발톱은 갈퀴.[91]

나는 장서표와 문장(紋章)의
모든 의미를 찾아야 한다 :
이 개는 분석가의 모습을 하고 있다,
또다시 폭력이 행해지고 있다!

이 나르시시즘을 완수하라,
호수를 향해 네 얼굴을 기울여라 :
오른쪽에 수음이 꽃을 피운다,
그리고 저 아래 성욕이 입맛을 다신다.

개인적인 상징들 작품들,
당신이 할 수 있는 건 이게 다 :
당신은 나처럼 죽음을 피할 수 없다
그리고 살아가다 보면 알게 될 것이다.

따라서 나는 살아갈 것이다, 이 사람은
나에게, 그에 따르면, 통찰력을 주었고
나는 무의식에서 망령과 유령을

discerner ombres et fantômes.

Ils n'avaient pas quitté le monde,
le monde les avait quittés.
Je n'ai pas méprisé l'immonde,
mais lui-même s'en est allé.

Le refoulé noir alchimique
qui dominait les réactions
se sublime dans l'alambic
de ces heures d'inaction.

Vétérinaire, horticulteur,
il s'insère dans mon destin.
Le chien redescend aux Enfers.
Le chêne se lève — enfin !

Il se met à marcher vers le sommet de la montagne.

구별해 낼 줄 아는 사람이므로.

이것들은 세상을 떠나지 않았었다,
세상이 이것들을 떠났었다.
나는 더러운 것을 경멸하지 않았다,
그러나 더러운 것이 스스로 떠나갔다.

반응들을 지배하고 있는
공들여 만들어진 검은 억압이
이 무위(無爲)의 시간의
증류기 속에서 승화되고 있다.

수의사, 원예가,
그가 내 운명 속으로 들어온다.
개가 **지옥들**로 도로 내려간다
떡갈나무가 일어난다 — 마침내!

그는 산의 정상을 향해 걸어가기 시작한다.

III

La fête au village

3부

마을의 축제

Elle était si grande si grande la joie de leur coeur de joie

qu'au-dessus des montagnes il dansait le soleil et qu'elle

    palpitait la terre

qui porte les moissons

Elle était si grande si grande la joie qu'elle jaillissait la rivière

elle jaillissait la source entre les rochers et pissait en riant

Si grande si grande qu'au-dessus des collines gambillaient les

    étoiles

et flottaient au vent des lambeaux nébuleuses

grande gaieté des astres

et la lune gonflée des sucs de la mémoire du jour et de la nuit

La joie se balançait tout au long des hauteurs et le long des

    vallées

Aux arbres y avait la feuille et le bouton

Aux champs y avait l'herbe la vache et le mouton

Aux cieux y avait l'oiseau et de doux mirlitons

Aux murs y avait l'lézard et le colimaçon

A la ville y avait l'homme avec une chanson

Vers la ville marchait la route à pas de bornes

C'est qu'y en avait des gens su' la route c'est qu'y en avait des

    gens

qui à bécane qui à vélo

커다랬다 커다랬다 사람들 기쁨의 마음의 저 기쁨은
산 너머로 태양을 춤추게 하고 수확물을 거둬들이는
　　　대지를
요동치게 할 만큼
커다랬다 커다랬다 기쁨은 강물을 솟구치게 만들고
바위 사이로 샘물이 솟아나 웃으며 오줌을 누게 할 만큼
커다랬다 커다랬다 언덕 위로 별들이 흔들거리고
지극히 명랑한 천체와
밤이며 낮이며 기억의 수액으로 부풀어 오른 달이
구름 조각들의 바람에 실려 떠다닐 만큼
기쁨이 언덕 전체를 뒤발하고 골짜기를 따라 흔들리고
　　　있었다.
나무에는 잎사귀와 새싹이 있었다
들판에는 풀 암소와 양이 있었다
하늘에는 새와 감미로운 피리가 있었다
담장에는 도마뱀과 달팽이가 있었다
도시에는 노래와 함께하는 남자가 있었다
그는 도시를 향해 제자리걸음을 하다시피 도로를 걸어가고
　　　있었다
그건 도로 위에 사람들이 많았기 때문이었다
그건 오토바이를 탄 자전거를 탄
수레를 탄 나막신을 신은

dans sa carriole dans ses sabots

tant à cheval qu'à pied tant en vouéture qu'à dos de bête

et boum et boum c'est le canon

du secrétaire de la mairie

qu'a maintenant les mains toutes tachées de poudre

et le nez qui saigne après l'explosion.

Les v'là qui s'amènent pour la fête

tout vieux d'un an de travaux et tout jeunes d'oubli

bien bons pour la culture et pour d'autres métiers

Les v'là qui s'amènent avec la femme avec les fils avec les filles

avec les tout petits enfants

avec les animaux avec les beaux habits

avec les richesses avec les économies

avec de la joie de l'orteil au plumet

avec des couy' au cul avec des poings aux bras

avec du proverbe plein la langue avec du chant plein le gosier

avec de l'œil pour voir et de l'oreille pour entendre

avec du coeur

Avec du pique avec du trèfle et du carreau avec de l'atout

Les voilà-t-il pas qui se mettent à jouer

Ah chopines ah chopines i faut pas vous cacher

걷는 사람만큼 말에 올라탄 가축의 등에 올라탄 사람만큼
　　자동차를 탄 사람들이 많이 있었기 때문이었다
그리고 쾅 또 쾅 소리를 내는 건
시청 보좌관의 대포
이제 그는 화약 가루에 손을 죄다 더럽히고
폭발한 다음 코에서 피를 흘린다.

봐라 축제에 온 사람들을
일 년 내내 노동으로 폭삭 늙은 사람들과 문화나
또 다른 직업에 아주 적합하나 잊힌 매우 젊은 사람들을
봐라 여인을 데리고 아들들을 데리고 딸들을 데리고
아주 어린 아이들을 데리고
동물들을 데리고 아름다운 복장을 하고
재물을 가지고 저금을 털어서
깃털로 발가락을 간지럽힐 때 찾아오는 기쁨을 머금고
사나이답게 불알을 덜렁거리며 팔에 달린 주먹을 휘두르며
입을 열어 속담을 지껄이며 목이 쉬도록 노래를 부르며
보려는 눈과 들으려는 귀를 달고
하트를 가지고
스페이드를 가지고 클로버를 가지고 다이아몬드를 가지고
　　으뜸 패를 가지고 온 사람들을
봐라 저들이 게임을 시작하지 않는가

On descend à la cave où mûrissent les tonneaux

Les voilà-t-il pas qui se mettent à buver

Les verres vides c'est pour les chiens

les verres pleins c'est pour les chrétiens

C'est du bon liquide que l'on fait couler

Ça se renifle ça se fait claquer

entre la dalle et le palais

C'est du p'tit vin du jus d' raisin d' l'eau-de-vie de graine ou de
        l'eau-de-vie de grain

ça s'met dans le bec c'est avalé

ça s'boit ma foué comme du petit lait

Les voilà-t-il pas qui se mettent à chanter

à grands coups de gueules à coups d' gosiers

chacun la sienne et tous en choeur

et les voilà-t-il pas qui se mettent à danser

« Eh bien, vieux, viens danser avec nous, vieux !

Viens agiter tes quilles sèches, vieux, et tes bras pas huilés »

C'est le vieux montagnard avec sa barbe de sapin

c'est le vieux montagnard qui descend des montagnes

avec sa hache et ses fagots et son grand bonnet de fourrure

C'est le vieux montagnard qui descend de sa cabane

아 술병이여 아 술병이여 당신에게 감추면 안 된다
우리는 술통이 익는 지하실로 내려간다
봐라 저들이 술을 마시기 시작하지 않는가
빈 잔은 개들을 위해
가득 찬 잔은 기독교도들을 위해 [92]
좋은 포도주를 따니 사방에 흘러넘친다
그러면 목구멍과 입천장 사이에서
냄새가 풍기고 소리가 나기 시작한다
그것은 포도즙으로 만든 소박한 포도주, 씨앗으로 만든
　　브랜디 아니면 곡물로 만든 브랜디
주둥이로 들어간다 벌컥벌컥 넘어간다
이런 젠장 우유 따위처럼 들어간다
봐라 저들이 노래를 시작하지 않는가
아가리가 찢어져라 크게 벌려 목구멍을 벌려
각자 자기 노래를 그리고 모두 소리를 맞춰서
또 봐라 저들이 춤을 추기 시작하지 않는가

"어이, 영감, 이리 와 우리와 함께 춤을 추자고, 영감!
어서 오라고, 영감, 삐쩍 마른 당신 다리를, 기름이 흐르지
　　않는 당신 두 손을 흔들러 어서 오라고"
전나무 수염을 한 산 사나이 노인이네
도끼를 들고 나뭇단을 들고 커다란

que gardent vigilants les aigles et les loups

« Si donc bien que je vas danser et la montagne avecque mi ! »

Hou que ça crisse les os Aie que ça grince les coudes

Oi oi qu'il bêle le vieux rigolant

et roc et roc que fait sa dame et roc et roc que fait sa compagne

avec sa robe de cailloux et de ravins de hêtres de bois et de gui

Et roc et roc que fait sa cavalière

secouant la neige de ses cheveux

Alors pan pan pan pan pan

du vieux le fils

pan pan pan pan pan pan

alors le fils du vieux se tape le derrière par terre

pan

Il a de grandes oreilles pour entendre chanter les oiseaux des
      îles son fils

Il a des oreilles grandes comme tout et qui vont du septentrion

jusques à oui oui

jusques au midi

C'est un grand âne gris avec une belle croix noire dans le dos

qui brait et crie et pète bien fort pour faire rire les amis

du midi au septentrion oui oui

모피 모자를 쓰고 산에서 내려오는 산 사나이 노인이네
오두막에서 내려온 산 사나이 노인이네
빈틈없이 독수리와 늑대가 그의 오두막을 지키고 있네
"어이, 이보라고, 이 맴은 좋아라 춤을 추것네 고럼 저 산도
　　덩달아 춤춘다니께!"
으으윽 뼈가 삐거덕거리고 으아악 관절이 삐걱거리며
　　쑤시고
얼쑤 얼쑤 소리를 질러 대는 영감은 즐거워하며
그의 아내 산이 내는 소리 꽈당 꽈당 그의 애인 산이 내는
　　소리 꽈당 꽈당
너도밤나무와 겨우살이덩굴 골짜기와 조약돌 드레스를
　　차려입고
머리카락의 눈을 털어 내면서 그의 댄스 파트너가 꽈당
　　꽈당

그러자 늙은이의
빵 빵 빵 빵 빵 아들도
빵 빵 빵 빵 빵 빵
그러자 늙은이의 아들이 바닥에 자기 엉덩이를 들썩거리며
빵
그는 섬마을 새들은 노래하는 소리를 들을 만큼 커다란
　　귀를 갖고 있네 그의 아들도

du faubourg à la grand'rue de la place à musique à la gare

de l'église au tour de ville de la mairie à l'abattoir

de chez Desbois à chez Dubois de chez Durand-z-à chez

    Dupont

du Quène à Lefébure et du Quin à Lefèvre

Ah quel âne et quel péteur quel chanteur quelle joie

Qu'on lui donne double portion de foin et de chardons

Et danse et dansa encore le rond des villageois

Elles ont enlevé leurs ceintures les femmes, elles les ont pendues

    aux arbres avec leurs bas

et les serpents s'enroulent et montent au gui des cimes

Le gui des cimes on ne sait pas s'il danse la gavotte

le boxon zou la capucine

Elles ont enlevé leurs ceintures les femmes jarretelles et

    jarretières et leurs bas

Elles les ont pendus à la barbe de sapins

à la barbe du vieux qui se tord et ce qu'elle rigole

la vieille et ce qu'il se marre son fils

Comment vas-tu yau de poêle, disent les gas au maître

Ça vatte et ça vient qu'il répond

Le grand âne pète si fort que les maisons ça tombe

아주아주 커다란 귀를 갖고 있어 북부에서
남부까지 소곤거리는
네 네 소리까지 듣는다네
그는 친구들을 웃게 하려고 울부짖고 소리 지르고 아주 큰
    소리로 방귀를 뀌어 대는
아름다운 검정 십자가를 등에 진 커다란 한 마리의 회색
    당나귀
남부에서 북부까지 소곤거리는 네 네 소리
변두리에서 음악 광장의 대로까지 기차역까지
성당에서 마을의 첨탑까지 시청에서 도살장까지
데부아의 집에서 뒤부아의 집까지 뒤랑즈 뒤랑-즈의 집에서
    뒤퐁의 집까지
퀜에서 르페뷔르까지 그리고 쾡에서 르페브르까지[93]
오호라 어떤 당나귀와 어떤 방귀쟁이와 어떤 가수와 어떤
    기쁨이 있어
그에게 건초와 엉겅퀴를 두 배로 줄 수 있을 것이며
마을 사람들을 원을 그리면서 춤추고 또 춤추게 할 것인가.

여자들이 자기들의 허리띠를 뺐다, 여자들은 자기들 팔을
    들어 그걸 나무에 매달았다
그러자 뱀들이 똬리를 튼다 꼭대기의 덩굴로 기어오른다
꼭대기의 덩굴 우리는 알지 못한다 가보트를 추는지

Grammercy adonc on habistera les campaignes ousqu'y a nos vignes
   dame oui

disent les gas avec leur bâton de cinq pieds et dix pouces qui
   leur monte du ventre

bâton durci grand axe d'acier aux pendeloques géantes

Des femmes le sein pointe

la fesse tremble *comme le lait caillé dans le bol du Bédouin*

le ventre frissonne

Elles ont dénoué leur ceinture le ciel couvre la terre la nuit les
   enveloppe

le jour le plus brillant

Le soleil et la lune vont de compagnie

Chantez dansez encore

jusqu'aux prochains travaux de la neuve saison.

창녀가 스텝 박스를 밟거나 카퓨신을 추는지
여자들이 자기들의 허리띠를 뺐다 가터와 서스펜더 그리고
　　긴 스타킹을
여자들은 전나무 수염에다가 꼬불꼬불한
늙은이의 수염에 매달았다 그리고 늙은 여자가
재미있어 한다 그리고 그의 아들이 낄낄거린다
잘 지내시죠 잘 지내시나요, 사내들이 상관에게 말한다
그럭저럭 그저 그래[94] 상관이 그럭저럭 대답한다
커다란 당나귀가 집이 무너질 만큼 세게 방귀를 뀐다
포도밭 딸린 시골 초온~구석에 살게 되니 증말로 증말로
　　좋습네다요[95]
사내들이 그들의 아랫배까지 올라오는 5피트 10인치의
　　막대기
어마어마한 불알에 달린 딱딱해진 막대기 강철 같은
　　막대기를 움켜잡고서 말한다
여인들의 젖꼭지가 도드라진다
엉덩이가 *베두인족의 사발에서 찰랑거리는 우유처럼*[96]
　　떨리고 있다
배가 부르르 떨린다
여자들이 자기들의 허리띠를 풀었다 하늘이 땅을 뒤덮는다
　　밤이 여자들을 감싸고 있다
제일 눈부신 날

태양과 달이 나란히 가고 있다
계속해서 노래하라 춤추라
새로운 계절에 다가올 노동의 그 나날들까지.

1   니콜라 부알로, 1695년 프랑수아 모크루아(François Maucroix)에게
    보낸 편지. Nicolas Boileau, Œuvres complètes, Bibliothéque de la Pléiade,
    Gallimard, 1966, p. 797.

2   『떡갈나무와 개』에서 크노가 묘사한 유년기의 기억은 가끔 자발적인
    왜곡을 거친 것으로 여겨진다. 예를 들어, "잡화상인" 아버지는 사실이면서
    동시에 사실이 아니기도 하다. 크노의 아버지는 프랑스의 식민지 부대에서
    회계를 담당했으며, 결혼 후에 상업에 종사했다. 크노의 어린 시절과
    가족에 대해서는 『미발표 회상(Souvenirs inédits)』, 레몽 크노(Raymond
    Queneau), 『전집 I(Œuvres complètes I)』, Édition établie par Claude Debon,
    Gallimard, Bibliothèque de la Pléiade, 1989, pp. 1071-1095를 참고할 것.
    이하 『전집 I』로 표기함.

3   프랑스 발랑시엔 시에서 처음으로 생산된 레이스의 일종.

4   잔(Jeanne), 앙리에트(Henriette)와 에보디(Évodi)는 1906년경 크노의
    아버지 가게에서 일하던 여종업원들이다. 『미발표 회상』의 「어머니는
    노래를 부르셨다(Ma mère chantait)」(『전집 I』, 1078-1089쪽)에 이 세 명이
    등장한다.

5   1917년 러시아 혁명 이후 발생한 인플레이션과 볼셰비키 정권의 부채 탕감은
    제1차 세계대전 이후 수많은 프랑스의 소규모 투자자들을 궤멸시켰다. 이에
    맞춰 다양한 투기성 증권이 무분별하게 발행되고 있었고 정부 주관으로
    이익을 보장하면서 타국의 공채나 채권들을 사도록 독려하기도 했다. 크노의
    부모도 돈을 털어 프랑스 주택공사가 발행한 채권을 산다.

6   크노는 1965년 『줄, 숫자와 글자(Bâtons, chiffres et lettres)』를 출간한다.
    어린 시절의 노트 및 그림, 도안 및 일기 등과 더불어 다양한 문학 비평,
    에세이를 아우르는 걸작으로, 울리포(Oulipo)와 '잠재문학'에 관한 일련의
    글이 말미에 실려 있다. 'bâton'은 통상 번역되어 온 '막대기'나 '도표'가
    아니라, 초등학교에서 숫자를 배우고 글자를 쓰기 전 먼저 배우는 줄긋기의
    '줄'을 의미한다.

7   여기서 "14년 전쟁"은 1914년 발발한 제1차 세계대전을 의미한다.

8   노르망디 7번가에 살던 정형외과 의사 볼레(E. Bohler)가 굽은 등을
    교정하기 위해 방문하곤 했다. 여기서 "질문"은 '피고'가 자백할 때까지
    행해졌던 신체적 고문을 의미하며 서양에서 이런 방식의 고문은 중세에서

18세기 중반까지 지속되었다. 어린 크노의 눈에는 의사의 치료가 고문과 비슷하게 비쳤다. 이 대목은 크노가 부모를 따라 병원에 갔을 때 받은 느낌을 기술하고 있다.

9   "중국어로 뒤죽박죽 갈겨쓴 낱말들"이라고 초고에 적었다가 출간 직전에 교정한 것으로 보아, "샴어"의 특성과 관련되었다기보다 '읽을 수 없는 낱말'들을 의미한다고 보아야 한다.

10 'Benedictine'은 베네딕트 수도회가 아니라 페캉에서 제조되는 대표적인 술 상표이며, 마찬가지로 중세의 유물들과 증류소 및 술 보관 지하 창고 등을 갖추고 있는 페캉 소재 박물관의 이름이다. 크노의 첫 페캉 여행은 1909년에 이루어졌다.

11 크노의 외조부 제피랭 미노(Zéphyrin Mignot)는 해군 대위였다. 그는 크노의 어머니가 잡화상을 열 수 있게 재산을 물려주었다. 선원은 아니었지만 크노의 부친도 오랫동안 배를 조종했던 경험이 있었다. 『미발표 회상』, 『전집 I』, 1071쪽을 참조할 것.

12 1916년 9월 크노는 『일기』에 다녀온 여행지를 기록한다. 여행 목록의 첫머리는 1910년 르아브르-파리 왕복 여행이 차지하고 있으며, 목록 마지막에 첫 여행인 1909년 페캉 방문을 기록한다. 에트르타 여행은 1910년, 볼베크 여행은 1913년으로 기록되어 있으나 릴르본은 이 목록에는 보이지 않는다.

13 '서부 지역(L'Ouest-Etat)'은 프랑스 서부 철도망을 개척한 철도 회사들 가운데 하나였다. 여기서 고유명사로 사용되었다.

14 파리의 주요 기차역 중 하나로 노르망디 지역으로 연결된 철도를 운행한다.

15 Buffalo Bill. 본명은 윌리엄 프레드릭 코디(William Frederic Cody, 1846-1917)이며 미국의 서부 개척자였다. 들소 사냥꾼으로 이름을 날렸으며, '버펄로 빌'이라는 별명도 여기서 왔다. 1872년부터 수많은 대중문학과 서부 개척 모험담에 영감을 준 인물로 1905년에 파리를 방문하였다. 버펄로 빌에 관해서는 피에르 다비드(Pierre David), 『레몽 크노의 인물 사전(Dictionnaire des personnages de Raymond Queneau)』, Pulim, 1994, 81쪽을 참조할 것.

16 인도차이나와 아프리카에서 복무하던 부친 오귀스트 크노는 간 질환에 걸려 프랑스로 귀국했으며, 이로 인해 군에서 조기 제대했다.

17 크노는 1914년 4월 15일 『일기』에서 병의 성질을 정확히 밝히지 않은 채 몇 차례 반복해서 그저 아팠다고만 기록한다. 크노가 구체적으로 병의 성질을 언급한 것은 1915년 6월 26일("어제 나는 머리와 목이 아팠는데, 감기에 걸렸고 기관지염이었다."), 1916년 3월 23일("정말 지독한 독감에

걸렸다."), 그리고 "정맥의 약한 떨림, 가벼운 동상, 다래끼, 감기, 인두염, 잦은 두통"으로 병원에서 검사를 받아야 했던 1920년 1월 15일뿐이다. 『일기』 참조.

18 "15세가 되었을 무렵 나는 일곱 권으로 되어 있는 『라루르 사전』의 제1권을, 처음부터 마지막까지, A에서 남아메리카의 작가 벨로(A. Bello)까지 다 읽었다." 레몽 크노, 「우리는 어떻게 백과전서파가 되는가(Comment on devient encyclopédiste)」, 『가장자리(Bords)』, Hermann, 1966, p. 120.

19 Sainte-Adresse : 르아브르 북부에 위치한 매우 세련된 근교.

20 1916년의 『일기』에 따르면, 크노는 1910년에 오를레앙을, 1911년에 앙들리를 방문했다.

21 크노의 외사촌 형제로 크노보다 나이가 많았다. 당시 앙들리에 살았던 그는 식물을 대상으로 기초적인 화학 실험을 하는 등 신기한 장난을 즐기곤 했다. 알베르는 전쟁에서 부상당했다. 피에르 다비드, 『레몽 크노의 인물 사전』, 앞의 책, 17쪽을 참조할 것.

22 "배설의 태양"에 대한 사유를 비롯하여 2부에서 본격적으로 전개될 "문학적 광인 중 한 명" 피에르 루(Pierre Roux)의 저서 『신의 과학』(1857)에서 받은 영향이 여기서 목격된다.

23 여기서 "잃어버린 젖가슴"은 구순기에 겪은 일화와 연관되며, 크노는 어린아이의 기술을 빌려 이것을 "선사시대의 비극"이라고 표현한다. 이에 관해서는 9쪽에 등장하는 유모 이야기를 참조할 것.

24 크노의 작품은 정신분석가가 묘사한 일종의 '가족 소설'이라고 할 수 있다. 크노는 오이디푸스 콤플렉스를 비롯해 프로이트의 정신분석학 이론 전반을 잘 알고 있었다. 『문학적 광인들』에 대한 거대한 작업을 진행하면서 그는 「아버지와 아들」을 그중 한 장으로 구성한다. 가령 그는 오이디푸스 콤플렉스를 비롯하여, 반목, 동일시, 죄책감, 거세 콤플렉스, 동성애 등, 아버지와 아들의 관계를 구성하는 정신분석적 개념들을 이 글에서 기술한다. '문학적 광인들에 대한 작업은 프로이트의 정신분석학과 마찬가지로 '배설하는 태양론'을 비롯하여 피에르 루의 『신의 과학』에 깊은 영향을 받아 진행되었다. 이에 관해서는 옮긴이의 해설을 참조할 것.

25 여기서 크노는 명백히 오이디푸스 콤플렉스에 관해 이야기하고 있다.

26 조지 5세와 메리의 대관식은 1911년 6월 22일 웨스트민스터 사원에서 거행되었다. 5월 12일부터 대영제국의 식민지와 점령지의 생산품을 전시하는 박람회 형식 '제국의 축제'가 열렸다.

27 조지 5세의 대관식은 1910년 열렸다. 1911년 8월 21일 다빈치의 작품

「모나리자」가 도둑맞았으며, 1912년 4월 14일 타이타닉호가 침몰했다. 쥘 조셉 보노(Bonnot)는 프랑스 아나키스트이자 반평등주의자였다. 그는 언론에서 "보노 일당"이라고 부른 무리를 이끌고 은행 습격을 감행하고 차량을 훔쳤으며, 살인을 저질렀다. 그들의 행각은 1912년 4월 28일 보노가 서른다섯의 나이로 사살되면서 막을 내렸다.

28 1914년 6월 28일 보스니아 헤르체고비나의 수도 사라예보에서 일어난 총격 사건을 암시한다. 오스트리아헝가리 제국의 황위 계승자 프란츠 페르디난트 대공과 그 부인이 청년 보스니아라는 민족주의 조직에 속한 18세 대학생 가브릴로 프린치프에게 암살되었으며, 이 사건은 제1차 세계대전의 도화선이 되었다.

29 1차 대전 당시 프랑스 보병 제2대대를 의미하며, 당시 이 부대는 르아브르에 주둔하고 있었다. 1903년 지휘관은 갈리마르 장군이었다.

30 벨기에에서 전개된 반(反)독일군 선전 활동은 독일 포로들 앞에서 질이 좋은 벨기에 빵을 보여 주면서 빵 부서지는 소리를 내는 것이었는데 이는 독일 포로들의 영양 상태가 좋지 않다고 판단되었기 때문이다. 이에 관해서는 크노의 『혹독한 어느 겨울(Un rude hiver)』, 1939, Gallimard, p.12를 참조할 것.

31 석탄 운반용 화물 열차.

32 "1914년 8월 21일. 일식에 가려진 태양. 아무도 바라보지 않았다.", 『일기』.

33 "1914년 8월 27일. 알베르가 부상당했다는 사실을 알았다.", 『일기』. 알베르는 전쟁에서 어깨에 총상을 입었다. 가족은 통보 없이 캉에 있던 그를 방문한다.

34 1914년 9월 2일, 어머니와 아들은 "독일군에게 붙잡히지 않으려고" 렌으로 떠났다가 9월 19일에 다시 르아브르로 돌아온다. 『일기』.

35 1914년 9월 6일에서 12일 사이에 조제프 조프르(J. Joffre) 장군이 이끌었던 마른(Marne)강 전투의 승리를 암시한다.

36 크노는 『일기』에서 1916년 10월 6일 팔스부르 가 30번지에서 수업이 있었다고 기록하고 있다. 당시 팔스부르 가에는 남자 초등학교가 있었으며, 상업학교는 프랑수아 1세 대로 56번지에 위치하고 있었다. 시에서 나타나는 학교에 대한 혼동은 초등학교와 상업학교 건물이 엇비슷했다는 사실에서 발생한 것으로 보인다.

37 "박해받은 자-박해하는 자"는 1931년 발간된 루이 아라공의 시집 제목을 그대로 차용한 것이다. (Louis Aragon, *Persécuté persécuteur*, Éditions surréalistes, 1931)

38 소피 로스톱친(Sophie Rostopchine) : 1799년 러시아에서 태어나 프랑스로
    망명하여 세귀르 백작과 결혼하였다. 세귀르 백작 부인으로 불린 이 여인은
    1874년 세상을 떠나기 전까지 『악동 찰스』, 『투덜이 장과 명랑한 장』,
    『말썽꾸러기 소피』, 『당나귀 카디숑』 등 수많은 동화를 출간하였고, 프랑스
    뿐만 아니라 유럽 전역에 번역되어 세계적인 명성을 얻었다.
39 세귀르 백작 부인의 동화로 1863년 출간되었다.
40 Tibi Marguerite : 열두 살의 크노가 이해할 수 없도록 교사가 암시적인
    방식으로 언급한 이 이름이 정확히 누구를 지칭하는지 밝혀진 것은 아니나
    아폴리네르가 제르맹 앙플카스(Germain Amplecas)라는 이름으로 출간한
    『19세기 시인들의 방탕한 작품들(Bibliothèque des curieux)』(1920)에
    등장하는 풍자시 「너 말이야, 마르게리트(À toi Marguerite)」와 연관되어
    있는 것으로 보인다.
41 해군에서 주로 사용되는 도르래의 일종으로, 물건을 선박 위로 들어
    올리는 데 사용되는 간단하고 조작이 쉬운 기계를 일컫는다. 명칭의 유래에
    관해서는 알려진 바가 없다. 여기서 크노는 사촌 알베르가 부상에서
    회복하는 중 편지를 보낸 여인의 은유로 이 명칭을 사용한다. 작품의
    초고에서 크노는 카르타위를 "그에게 병을 준/ 아주 엉망인 삶을 산
    여인"으로 묘사하고 있다. 『전집 I』, 1127쪽을 참조할 것.
42 르아브르의 중심부에 위치한 거리로 시청과 기차역이 있다.
43 어린 시절 크노는 배지에 굉장한 관심을 보였으며 특히 군대 문양이 새겨진
    배지를 모아 친구들과 맞교환하며 놀곤 하였다. 1915년 3월 28일과 4월
    17일, 1916년 8월 25일의 『일기』를 참조할 것.
44 벨기에 대부분이 나치군에 점령당하자 1914년 벨기에 정부는 르아브르
    근교의 생타드레스로 망명한다. 니스아브레는 생타드레스의 지역이며
    바다와 접해 있다.
45 슈나이더 공장은 슈나이더 가문 대대로 이어져 내려온 철강회사의 공장을
    의미한다. 르아브르에는 이 회사의 지부가 있었으며 주로 대포나 철강 제품
    등을 생산하는 중요한 공장이었다.
46 이 대목은 크노 아버지의 생각을 자유간접화법을 통해서 기술한 것이다.
47 조제프 조프르 장군이 전장에서 했던 말.
48 Benedictus Gotthelf Teubner, 독일의 출판업자.
49 1917년 12월 21일 『일기』에는 이런 대목이 나온다. "전쟁은 물러가라. 그리스
    작가들의 독일어 판본을 구할 수 있게 평화가 깃들길."
50 크노는 여기에 등장하는 부모에 대해, 가족 간의 불화에 관해서 『미발표

회상』(『전집』, 1071-1077쪽)에 기록을 남겼다.

51 고몽, 파테, 쿠르살, 셀렉트는 당시 르아브르에서 영화를 상영하는 4대
극장이었다.

52 1915년 터키군에 맞서 싸운 프랑스-영국 연합군 원정을 암시한다.

53 양차 대전 중에 독일인을 경멸적으로 가리키던 낱말.

54 러시아군에게 퍼부었던 독일군의 공세를 의미한다.

55 샤를로는 찰리 채플린의 애칭이다. 크노는 자신이 영화관에서 본 샤를로를
목록으로 『일기』에 적어 놓았다. 1916년 3월 3일 : "방랑자 샤를로/ 샤를로
데뷔하다(2부로 구성)/ 폭탄 맞은 샤를로/ 산책하는 샤를로/ 샤를로 복싱
챔피언(2부로 구성)/ 샤를로 특파원이 되다/ 샤를로 라이벌이 생기다/
약혼한 샤를로(2부로 구성)/ 샤를로 호텔을 사다/ 샤를로 배우가 되다/
일하는 샤를로(2부로 구성)." 1916년 4월 19일 : "시골 간 샤를로/ 사랑
게임과 나무 블록/ 해수욕하는 샤를로/ 방랑자 샤를로." 1916년 6월 1일 :
"샤를로 심판을 보다/ 폭탄 맞은 샤를로/ 피아노를 운반하는 샤를로/ 샤를로
복싱 챔피언/ 샤를로 수위가 되다/ 샤를로 데뷔하다/ 샤를로 은행에 가다."
1916년 7월 28일 : "샤를로 사랑에 빠진 장관이 되다/ 산책하는 샤를로와
마벨/ 샤를로의 새 직업/ 샤를로 두 번 소나기를 맞다/ 약혼한 샤를로/
몽유병자 샤를로/ 샤를로 선원이 되다/ 샤를로 뮤직홀에 가다."

56 "카우보이"와 "강도"를 비롯하여 이 대목은 미국의 배우 겸 감독이었던
윌리엄 허트(William S. Hart, 1864-1946)의 서부영화에 등장하는 장면들과
연관된다.

57 "바람기로 가득한 저 거리의 아름다운 창녀들"과 "아름다운 금발 처녀들"을
비롯하여 이 대목은 미국 시리즈물 「뉴욕의 미스터리」와 연관되며, 특히
헬렌 역을 맡았던 펄 화이트(Pearl White)를 가리킨다. 크노는 1916년
12월 17일에 시작하여 1917년 4월 30일에 끝난 이 시리즈를 모두 보았다고
『일기』에 적었다.

58 1908년 6월 4일 루이 포르통(Louis Forton)이 만화 시리즈 「니켈 다리(Les
Pieds nickelés)」를 《에파탕(L'Épatant)》에 최초로 연재 시작했으며, 만화는
허풍선이, 사기꾼, 게으름뱅이인 크로키뇰, 필로샤르, 리불댕그가 주인공으로
등장한다. '니켈 다리'는 '행동하기를 거부하는 사람'이나 '게으른 사람', '일을
하지 않는 사람'을 의미한다. 1895년 트리스탕 베르나르(Tristant Bernard)가
이 제목의 희곡을 발표하여 이 표현이 사용되기 시작했으나 대중에 널리
퍼진 것은 포르통의 만화가 인기를 얻으면서였다. "모든 것은 만화 「니켈
다리」가 실려 있는 《에파탕》 같은 잡지들을 읽으면서 시작되었다고 나는

생각한다."라고 크노는 『줄, 숫자 그리고 글자』(앞의 책, 13쪽) 언급한다.

59 크노는 1914년 4월 15일 《봉 푸엥》지에 콩트를 실어달라고 편지를 보낸다.
    같은 해 5월 5일 "우리는 베낀 이야기를 출간하지 않습니다."라는 부정적인
    답장을 받는다. 「연대기(Chrolologie)」, 『전집 I』, XLIV쪽을 참조할 것.

60 프랑스어로 '기름진 화요일'을 뜻하는 '마르디 그라(Mardi gras)'는 기름진
    음식들을 마음껏 먹고 음주 가무를 즐기는 향연의 시기로 사순절을
    하루 앞둔 날에 벌어지는 축제다. 부활절 40일 전인 '재의 수요일'부터 '성
    토요일'까지 40일간 이어지는 사순절은 예수가 광야에서 40일 동안 금식을
    했던 기간을 기념하며, 전통적으로 엄격한 금식이 행해지고 특히 고기
    등 기름진 음식은 철저히 금지되었다. 그러다 보니 사순절을 앞두고 며칠
    동안 축제를 벌여 영양을 비축하기 위해 고기를 섭취했던 것이며 이로 인해
    카니발 곧 '사육제'라고 표현하기도 한다.

61 현재 프랑스 초등학교는 수요일에 수업이 없으나 당시에는 목요일이 쉬는
    날이었다. 목요일에 학교에 나온다는 것은 낙제한 과목 보충 수업을 듣기
    위해서였다. 1916년 2월 17일 『일기』에서 크노는 "영어를 빵점 맞아 나는
    꼴찌를 했다. 수학은 절반만 맞았다."라고 썼으며 1916년 3월 17일 "베스코프
    선생이 나에게 낙제점을 주었다."고 쓴 바 있다.

62 1915년 7월 18일 『일기』에서 크노는 "나는 소설을 썼다. 하나는 모험
    이야기이고 다른 하나는 「검은 반란」이라고 제목을 붙였다."라고 쓴다.

63 1920년 철학과로 입학한 소르본 대학에서 크노는 논리학, 철학, 심리학,
    사회학 '수료 증명서'를 받았다. 1925년 철학 학사 학위를 취득한다.

64 토마스 트라헌(Thomas Traherne, 1637-1674)은 시인이자 영국 성공회
    신부였다. 크노가 인용한 시는 「귀환(The Return)」이며 프랑스어로 번역을
    하면서 영어 철자를 현대화해 인용했다.

65 크노의 정신분석을 담당했던 의사는 여성이었다. 1933년 정신과 의사
    보렐(Borel)은 크노에게 여의사 파니 로스트키(Fanny Lowstky)를 추천한다.
    크노는 미출간 노트에서 당시를 이렇게 기록한다. "일 년 전부터 정신분석
    상담을 받아왔던 아내의 충고로 나는 박사 O에게 상담을 받으러 갔고 그는
    나를 박사 B.(보렐)에게 보냈으며 박사 B.는 로스트키 부인에게 맡겼는데,
    그녀는 러시아-독일 이민자, 다시 말해 17년 러시아에서, 그리고 33년
    베를린에서 이민 온 사람으로, 의사는 아니었다. 나는 그녀를 만나러 알보니
    광장엘 갔는데 그녀는 그 근처 친구 집에 임시로 머물고 있었고, 그런 다음,
    앙리과테 광장에 살았는데, 1939년 팔레스타인으로 떠나기 전까지 그곳에서
    머물렀다. 나는 그녀가 러시아 철학자 셰스토프(Chestov)의 여동생이라는

사실을 재빨리 알아차렸고, 일이 쉽게 풀리지는 않았지만, 이해하는 데는
쉬웠다. 그녀가 왔을 때, 그녀는 프랑스어를 겨우 구사하고 있었으며, 이러한
사실은 마찬가지로 일을 쉽게 만들어 주지 않았다." 1931년부터 1939년까지
진행된 크노의 정신 상담에 관해서는 『전집 I』의 1133쪽을 참조할 것.

66 1929년 발생한 앙드레 브르통과의 절교와 연이은 초현실주의 그룹과의
단절을 의미한다. "초현실주의 그룹의 대다수 반대자처럼 나도 브르통에게
화를 냈는데, 그건 이데올로기적인 이유가 아니라 아주 개인적인
이유에서였다. 마찬가지로, 그룹 밖에서, 나는 안에 있을 때보다 더 자유롭지
못했다. 오히려 그 반대였다. 죄의식과 비효율성이 거기서 풍겨 나왔다.
스스로를 제명했던 자들이나 단단하게 조직된 그룹으로부터 제명당했던
사람들 모두에게 일어난 것은 바로 이것이다. 나는 무엇을 해야 할지 몰라서
국립도서관으로 도피하였고 거기서 문학적 광인들을 연구를 시작했다.",
「조르주 리브몽-데세뉴와의 대화」, 『줄, 숫자와 글자』, 앞의 책, 36-37쪽.

67 "그러나 앳된 사랑으로 가득한 푸르른 천국(Mais le vert paradis des amours
enfantines)"(샤를 보들레르, 「슬프게 방황하며(Mœsta et erranunda)」, 『악의
꽃(Les Fleurs du Mal)』, Poésie/Gallimard, 1996, p. 101.)을 변형한 것이다.

68 크노는 아주 어려서부터 꿈을 기록하는 습관을 갖고 있었으며 이
습관을 평생 유지했다. 1928년 출간한 크노의 『초현실주의 텍스트(Textes
surréalistes)』는 이러한 꿈을 기록한 이야기이다. 꿈의 필사와 크노의 문학에
대해서는 『전집 I』, 988-1067쪽을 참조할 것.

69 당신에게 이 아기를 이뒤메의 밤으로부터 데려왔구려!
깜깜하게, 핏빛 어린 희미한 날개를 달고, 깃털을 벗고,
香油와 황금으로 태운 유리를 통하여,
얼어붙은, 오호라! 또다시 음울한 窓을 통하여,
저 새벽빛이 천사 같은 램프에게 덤벼들었소.
(……)
Je t'apporte l'enfant d'une nuit d'Idumée!
Noire, à l'aile saignante et pâle, déplumée,
Par le verre brûlé d'armates et d'or,
Par les carreaux glacés, hélas! mornes encor,
L'aurore se jeta sur la lampe angélique.
(……)
스테판 말라르메, 「헌시(Donc du poème)」, 『시집』(황현산 옮김,
문학과지성사, 74쪽)의 변형.

70 한번 본 사람을 돌로 변하게 하는, 머리카락이 뱀 모양인 세 자매 괴물 중의 하나.

71 피에르 루(Pierre Roux)의 저서. 원제는 『신의 과학론 혹은 최초의 원인들, 전기와 자기장의 위대한 신비, 고갈되지 않는 무한 동력 전지의 위대한 신비와 일반적인 생리의 영원한 법칙 그리고 다게르식의 보편적인 전기 도금을 구성하는 신비를 드러내는 작품(Traité de la science de Dieu ou des causes premières, ouvrage révélant le grand mystère de l'électricité et du magnétisme, celui de la pile omnipuissante et intarissable et les lois éternelles de la physiologie générale et constituant la galvanoplastique daguerrienne universelle)』이다. 제네바에서 상업에 종사하던 피에르 루는 1857년 이 책을 선보이며 '신은 보편적이고 무한한 힘을 가진 전지'라는 사상을 전개한다. 그는 반자연적인 결혼을 통해 과학과 종교가 서로 섞여 있다는 환각 사상을 바탕으로, 우주를 지배하는 법칙이 무엇인지, 어떻게 배설물 혹은 순수하거나 불순한 음식의 주입을 구분할 수 있는지, 어떻게 무한동력의 전지나 하늘을 나는 기관차, 회전하는 인공 태양을 만들 수 있는지를 힘 있는 문체로 설명한다. 그의 저서는 초현실주의자와 특히 크노에게 엄청난 영향을 미쳤다. 루의 사상에 대한 영향은 특히 크노의 『진흙의 아이들(Enfants du limon)』(루의 작업이 아홉 페이지에 걸쳐 전개되었다.)과 사후에 출간된 『어둠의 가장자리에서. 문학적 광인들(Aux Confins des ténèbres. Les Fous littéraires)』(Gallimard, 2002)에서 나타난다.

72 큰따옴표로 처리된 열세 줄은 모두 크노가 루의 저서 『신의 과학론』의 대목을 거의 그대로 인용하다시피 하여 기술한 것이다.

73 23행 "야만적인 이 고함에 모욕당한"에서 61행 "나를 거세하려 한 건 바로 너인가?"까지 크노는 자신의 논문 「태양 상징론(Symbolisme du soleil)」(《Temps mêlés 150 + 10》, décembre, 1980)에서 예를 취해 왔다. 달걀의 "노른자위"와 "루이 금화"는 태양에 대한 비유이다.

74 프랑스 남부의 알프스 드 오트 프로방스 지역의 도시.

75 크노는 이러한 신화적 제례를 알프레드 드 노르(Alfred de Nore)의 저서 『프랑스 지방들의 관습, 신화와 전통(Coutume, mythes et traditions des provinces de France)』(Maisonneuve, 1846)에서 알게 되었다.

76 Uitzilopotchli : 아즈텍 신화의 태양신, 전쟁신, 수렵신을 의미함.

77 이 멕시코의 신화적 제례는 독일의 민족학자 콘라드 테오도르 프레우스(Konrad Theodor Preuss)의 『종교와 예술의 기원(Der Ursprung der Religion und Kunst)』(Globus, vol. LXXXVI, 1904)에 묘사되어 있다.

크노는 관심 있는 부분을 발췌해 프랑스어로 번역을 시켜서 사용했다.

78 인간의 몸에 소의 머리를 한 괴물.

79 리키아는 소아시아의 남서부 해안에 자리 잡았던 고대 국가이며, 상징은
'트리스켈리언'(triskelion)으로 세 개의 다리(팔이나 가지)가 하나의 중심
태양에서 소용돌이 모양으로 퍼져 나간 도안이다. "리키아의 상징은 원래
구부러진 세 개의 가지(간혹 두 개 혹은 네 개)가 솟아난 원으로 구성되어
있다. 거기서 태양의 상징과 심지어 태양 그 자체의 순수하고 단순한 모방을
알아보는 것은 어렵지 않다.", 레몽 크노, 「태양 상징론」, 앞의 글, 25쪽.

80 고르곤은 메두사의 잘린 머리다.

81 "cherche après Titine(티틴을 찾아 헤맨다)"는 베르탈모봉(Bertal-
Maubon)이 가사를 쓰고 레오 다니데르프(Léo Daniderff)가 부른
익살스러운 노래 「나는 티틴을 찾아 헤맨다(Je cherche après Titine)」에서
가져온 것이다.

82 「피에 젖은 수녀」는 샤를 구노(Charles Gounod)의 5막 오페라이며 1854년
초연 중 불경하고 추잡하다는 이유로 공연이 중지되었다. 루이스(Lewis)의
소설 『몽크(Monk)』가 원작(「피에 젖은 수녀」는 소설의 제4장이다.)이며
'레이몽'은 소설의 주요 등장인물 중 한 명이다. 소설 『몽크』와 오페라 「피에
젖은 수녀」는 초현실주의의 상상력에 속한다. "문학의 영역에서, 소설이나
일반적으로 이야깃거리에 몰두하는 모든 것이 그렇듯, 열등한 장르에 속하는
작품들을 기름지게 할 수 있는 것은 오직 경이이다. 루이스의 『몽크』가 그에
대한 훌륭한 증거이다. (……) 내가 만일 1830년대에 살았더라면, 「피에
젖은 수녀」도 내가 할 일이고, 저 패러디 작가 퀴쟁이 말하는 그 음험하고
범속한 「가장 하자」를 아끼지 않는 것도 내가 할 일이고, 거창한 은유들을
헤치고, 그가 말하듯이 「은빛 원반」의 모든 국면에 답사하는 것도 내가 할
일이었으리라.", 앙드레 브르통의 『초현실주의 선언』(황현산 번역, 2012,
미메시스), 76-79쪽.

83 당시 크노는 파리의 15구 데스누에트 광장 근처에 살았다. 파시는 크노의
정신분석가 파니 로스트키가 처음 살았던 파리의 알보니 광장 근처 집
주소를 의미한다.

84 크노는 어떤 설명도 없이 자신의 자서전에서 남성 정신분석가 하나를
만들어 낸다. 이후 자신의 작품에 등장하는 정신분석가 남성을 암시하기
위해 그랬을 거라고 추측할 수 있다.

85 크노의 키는 1미터 76센티미터였다.

86 "선을 넘어왔다"에서 "선"은 여기서 '적도'를 의미한다. 최초로 항해에 나선

선원은 일반적으로 동료들이 마련한 입회식을 통과해야 한다. 이 대목은 선원이 되는 입회식을 묘사하고 있다.

87 『떡갈나무와 개』에 등장하는 '깨질 그릇-아버지'에 관한 사유는 크노의 두 번째 소설 『석상(Gueule de piene)』과 연관된다. 이 소설에서 '깨질 그릇-아버지'는 자신의 조각상 속에 갇혀 빗물에 녹아내린다.

88 크노는 자기 이름 'Queneau'의 어원 'quen'에서 이중적인 가치를 끄집어낸다. 이 'quen'에서 철자를 첨가하거나 덜어 내거나 혹은 발음의 유사성에 기대어 변화시킨다. 'quênne'나 'quesne'는 '떡갈나무'를 뜻하며, 'quenet'나 'quenot'는 '개'를 의미한다. '떡갈나무'와 '개'는 이렇게 크노 자신을 뜻한다.

89 만드라고라는 약용 식물로 마법의 힘이 있다고 알려져 있으며, 그 뿌리는 인간의 형상을 닮았다. 자신이 저지르지 않은 범죄로 고문을 받은 남자가 교수형에 처해질 때 사정한 정액에서 자라난다는 전설의 식물이다.

90 『어느 혹독한 겨울』에서 크노는 안네트(Annette)가 "물푸레와 같은 머리카락"을 갖고 있다고 묘사한다. 물푸레는 질기고 번쩍거리며 노란색 염료로 사용된다. 또한 이 대목은 왕좌를 되찾기 위해 '황금 양털'을 회수하러 모험을 떠나는 이아손과 아르고 원정대의 신화와 연관된다.

91 케르베로스는 저승 세계의 입구를 지키는 머리 셋 달린 개이며, 꼬리는 뱀이고 검고 날카로운 이빨을 가졌다.

92 이 표현은 크노가 발명한 문장으로 인용의 형식을 취하고 있으나 원문은 존재하지 않는다.

93 '퀜(Quène)'과 '퀭(Quin)'은 모두 '크노(Queneau)'와의 유사성에서 빚어진 이름이다. '퀜'은 피카르디 지방 방언으로 '떡갈나무'이며 '퀭'은 또한 피카르디 지방의 '개'를 의미한다. '르페뷔르(Lefébure)'나 '르페브르(Lefévre)'는 고대 프랑스어로 모두 '대장장이'를 의미하며, '일'과 '노동'을 의미하는 라틴어 낱말 'faber'에서 유래하였다. '떡갈나무'와 '개'에서 '일'이나 '노동'에 이른다는 것은 계속해서 글을 쓰는 일이 가능하다는 사실을 의미한다.

94 크노, 「어머니는 노래를 부르셨다」(『전집』, 1089쪽)에 등장하는 옛노래이며, 주로 말장난과 대화로 이루어진다.

95 프랑스 고어가 섞여 있는 라블레식 문체를 흉내낸 대목.

96 주 92와 같이 이 표현은 크노가 발명한 문장으로, 인용의 형식을 하고 있으나 원문은 존재하지 않는다.

레몽 크노는 1903년 2월 21일 프랑스 북부 해안 도시 르아브르에서 외아들로 태어났다. 프랑스 식민지 군대의 회계사였던 아버지는 르아브르에 잡화상을 열어 어머니와 함께 운영했다. 크노는 학창시절 모범생이었으며 어렸을 때부터 글을 많이 써서 열세 살 무렵, 이미 스무 편 가량의 소설과 다수의 시를 갖고 있었다. 영화와 역사, 외국어에 관심을 가졌으며, 열두 살부터 지속해서 일기를 쓰기 시작한다. 1920년 대학입학 자격 시험을 보아 파리 소르본 대학교 철학과에 입학한다. 문학과 수학을 전공하다가 철학과 심리학을 공부하고 수료했다. 1924년에서 1929년까지 그는 앙드레 브르통이 주도한 초현실주의 그룹을 만나 '사토 거리의 모임'이라 불린 자크 프레베르, 이브 탕기, 마르셀 뒤아멜 등과 교류했으나, 브르통을 중심으로 한 이 그룹을 "완전히 개인적"이라고 평가한 후 떠났다.

1931년 크노는 초현실주의와 결별한 후 자기만의 탐구의 길을 걷는다. 친구 조르주 바티이유와 함께 보리스 수바린이 주도한 민주공산주의클럽(Cercle communiste démocratique)에 가입했고 1933년까지 공동작업으로 기관지 《사회비평(La Critique sociale)》을 발간한다. 1932년부터 1939년까지 고등연구원에서 진행된 알렉상드르 코제브와 샤를 앙리 퓌에크의 강의를 수강하였으며, 이후 조르주 바타유와 공동으로 코제브의 헤겔 강의록을 출간한다. 이 기간 내내 그는 정신분석을 받았으며 흔적을 우리는 『떡갈나무와 개(Chêne et chien)』(1937)에서 발견할 수 있다.

1933년 소설 『잡초(Le chiendent)』를 출간해 이 작품을 위해 특별히 만들어진 되마고(Deux-Magots)상을 수상하였다. 1938년 갈리마르 출판사의 도서검토위원으로 입사했다. 1930년에 착수했던 문학적 광인들에 관한 연구의 일부를 담고 있는 『진흙의 아이들(Les enfants du limon)』을 같은 해 갈리마르 출판사에서 출간했다.

1939년 『지독한 겨울(Un rude hiver)』를 《누벨 르뷔 프랑세즈(N. R. F.)》에 발표한 뒤, 군에 징집 당한다. 1941년 갈리마르 출판사의 사무국장이 된 크노는 나치 점령 하에 친독 성향을 띠게 된 《누벨 르뷔 프랑세즈》의 협력 요구를 거절한다. 그해 소설 『뒤죽박죽 날씨(Les temps mêlés)』가 출간되었으며 이 작품은 1941년 발간된 『석상(Gueule de pierre)』의 또 다른 버전이었다. 소설 『내 친구 피에로(Pierrot mon ami)』(1942)와 『눈 — 물(Les ziaux)』(1943), 『뤼에이로부터 멀리(Loin de Rueil)』(1944)을 발표했다. 해방이 되자 나치 점령 기간 중 항독 비밀 결사 단체로서 결성된 전국작가위원회(Comité national des écrivains)의 부회장이 되었다.

크노의 작품은 다방면에 걸쳐 다양한 형태로 나타난다. 소설로는 『성(聖) 글랭글랭(Saint-Glinglin)』(1948), 『인생의 일요일(Le dimanche de la vie)』(1952), 『지하철 소녀 쟈지(Zazie dans le métro)』(1959), 『연푸른 꽃(Les fleurs bleues)』(1965), 『이카로스의 비상(Le vol d'Icare)』(1968)를, 시집으로는 『운명의 순간(L'instant fatal)』(1948)과 교훈시를 복원한 『휴대용 우주형성소론(Petite cosmogonie portative)』(1950), 3부작 『거리를 달리다(Courir les rues)』(1967), 『들판을 쏘다니다(Battre la campagne)』(1968), 『파도를 가르다(Fendre les flots)』(1969), 『기본 윤리(Morale élémentaire)』(1975)를 출간했다. 또한 언어에 관한 비평 에세이 『선, 숫자, 그리고 글자(Bâtons, chiffres et lettres)』(1950), 역사에 관한 에세이 『표본 역사(Une histoire modèle)』(1966), 수학에 관한 에세이 『변(邊)들(Bords)』(1963)를 출간했다.

크노는 문학 이외에도 다양한 활동을 선보였다. 알렉산드르 코제브의 강의 노트 『헤겔 강독 입문(Introduction à la lecture de

Hegel)』(1947)를 편집했으며, 샹송 「낭비벽이 있는 정부(La croqueuse de diamants)」(1950)를 작사했다. 또한 단편 영화 「다음날(Le lendemain)」(1950), 르네 클레망 감독의 영화 「리푸아 씨(Monsieur Ripois)」(1954), 루이스 부뉘엘 감독의 영화 「이 정원에서의 죽음(La mort en ce jardin)」(1955)에 시나리오 작가로 참여했다. 1951년 아카데미 공쿠르 회원으로 선출되었으며, 1954년 갈리마르 출판사의 플레이아드 총서의 책임 편집자가 되었다. 조르주 뒤 모리에(George du Maurier)의 소설 『피터 이벳슨(Peter Ibbetson)』(1946), 아모스 투투올라(Amos Tutuola)의 소설 『덤불 속의 주정뱅이(L'ivrogne dans la brousse)』(1953)를 프랑스어로 번역한 번역가이기도 했다. 1960년 프랑스와 리오네와 함께 잠재문학 실험실 울리포(OULIPO)를 창립했다.

1976년 사망했다.

레몽 크노(1925)

즉석 사진기로 찍은 레몽 크노의 사진(1928)

운문의 소설적 실험 — 자전의 시적 이야기

조재룡

레몽 크노에 관하여

20세기 프랑스 문단의 거장 레몽 크노는 1903년 프랑스 북부의 항구 도시 르아브르에서 태어나 소르본 대학에서 철학을 공부했다. 앙드레 브르통이 주도했던 초현실주의 운동에 가담했다가 탈퇴한 이후, 크노는 철학과 수학, 그리고 정신 분석을 통한 자아의 긴 탐색 끝에 첫 소설 『잡초(Chiendent)』(1936)를 발표하였다. 이 작품은 비평가들과 애호가들의 열렬한 지지 속에서 제1회 되마고상을 수상하는 영예를 안았다. 시인이자 소설가, 시나리오 작가, 수학자, 번역가, 화가, 출판인 등으로 매우 다채로운 삶을 살다 간 크노는 평생 1000여 편에 가까운 시와 열다섯 편의 소설을 비롯해 순수문학과 대중문화를 넘나드는 수많은 글을 남겼다. 크노는 특정 문예사조나 문학운동에 편입되지 않았으며, 구어(口語)와 시어(詩語)에 대한 지대한 관심과 언어의 극단적 실험을 통해 고유하고 특이한 방식으로 '놀이'로서의 문학 세계를 구축해 나갔다.

크노가 대중적으로 널리 알려지기에 이른 첫 신호탄은 바흐의 푸가에서 영감을 받아 아흔아홉 가지 문체로 하나의 일화를 변주해 낸 『문체 연습』(1947)이었다. 엄청난 성공을 거둔 『문체 연습』은 음악으로도 변주되어 공연되거나 연극으로 개작되어 상연되기도 하였으며, 이후 다양한 시청각 자료로 제작되는 등, 대중들의 폭발적인 반응을 끌어냈다. '문체 연습'이라는, 전례를 찾아보기 힘든 독특한 글쓰기를 통해 커다란 반향을 불러일으킨 이후, 크노는 『지하철 소녀 자지』(1959)로 다시 한번 대중의 곁에서 성공을 거두었으며, 이 작품은 출간 이듬해에 루이 말(Louis Mall) 감독에 의해 영화로 만들어졌다. 베스트셀러가 된 『지하철 소녀 자지』를 시작으로 『내 친구 피에로』, 『인생의 일요일』, 『연푸른 꽃』 등, 발랄한 웃음 속에서 심원한 철학적 성찰을 담아낸 독자적 스타일의 소설로 그는 널리 인기를 얻었다. 크노는 솔직하고 서민적인 감각을 특색으로 삼는 한편, 심도 있고 박학다식한 교양을 갖춘 이지적 인물이기도 하였다. 인문학의 다양한 영역을 섭렵하였던 크노는 아마추어 수학자의 면모를 지니기도 했으며, 서유럽어는 물론, 라틴어, 그리스어, 아랍어, 중국어 등 스무 개가 넘는 외국어를 익혔고 나아가 철학과 역사, 신화에도 조예가 깊었다. 크노는 조르주 바타유, 메를로퐁티와 함께 1930년대 파리에서 전개된 알렉상드르 코제브의 헤겔 강의에 문하생으로 참여하였고, 당시의 청강 노트를 바탕으로 헤겔의 『정신현상학』에 대한 코제브의 강의록 『헤겔 독해 입문』을 출판하였으며, 이 책은 헤겔 해석에 있어 획기적인 성과를 거둔 것으로 평가받았다.

1950년 프랑스 전위 연극의 시조 알프레드 자리에게서 물려받은 '상상력으로 해결을 도모하는 과학(Pataphysique)'을 비밀리에 연구하는 집단 '콜레주 드 파타피지크'에 들어가 총수가 된 크노는 이듬해에 프랑스에서 가장 권위 있는 문학상인 공쿠르상 선정위원회인 '아카데미 공쿠르'의 멤버로 선출되기도 했다. 그는 1948년 프랑스 수학협회 회원이 되었으며 이후 수학에 지대한 관심을 갖고 다양한 방식으로 자신의 글쓰기에 접목하였다. 크노의 수학에 대한 열정은 문학과 접점을 이루어 독창적인 작품을 탄생시켰으며, 1960년 수학자와 문인들로 구성된 실험문학 단체 울리포(OULIPO, 잠재문학 실험실)에서 화려하게 꽃을 피운다. 크노가 창시자 역할을 했던 울리포 그룹은 문학성을 이루는 다양한 요소들에 천착했으며 이중에서도 '제약(contrainte)'의 고안을 통해, 언어에 잠재된 가능성 일체를 일깨우고 활성화하는 데 목적을 두고 일련의 실험을 감행하였다.

크노는 당대 가장 유명한 작가 중 한 명이었다. 크노의 작품은 초현실주의에서 울리포에 이르기까지, 새로운 형태의 발명과 언어의 시적인 자원을 최대한 활용하는 데 바탕을 두었다. 크노의 주된 관심사 중 하나는 문학의 기술적, 형식적 측면이 감추고 있는 가능성을 일깨우는 것이었다. 그는 문학의 재료이자 근간이며, 존재 자체라고 할 언어를 전통적 관점에서 탈피하여 새로운 형식으로 재구성하고자 문어와 구어, 일상어와 문학어, 고급어와 속어나 은어 등의 거리를 제거하는 데 몰두하였다. 백과전서와 같은 양상을 지닌 그의 문학 세계는 기존의 문학 장르를 답습하는 대신, 색다른 형식을 자유롭게 구성하는 데 성공적으로 합류한다. 예를 들어 '운문 소설'이라는 부제를 붙인 첫 시집 『떡갈나무와 개』는 말 그대로 '운문으로' 소설을 집필하여, 어린 시절과 정신 분석의 체험을 '자전적' 이야기를 색다른 방식으로 담아낸 작품이다. 또한 평범한 소설처럼 보이는 첫 작품 『잡초』도 자세히 살펴보면 수학적 규칙을 겹겹이 두른 퍼즐처럼 이야기가 구성되어 있다. 제임스 조이스의 영향을 받은 것으로 알려진 이 소설은 일곱 개의 장으로 나뉘고, 이 장 각각은 열세 개의 부분으로 다시 나뉘, 총 $7 \times 13 = 91$의 섹션으로 구성된다. 각 섹션마다 등장인물이 들고 나는 출입 횟수까지 정확하게 통제하여 마치 시의 각운(脚韻)이 맞추어지듯 크노는 상황과 행동이 정확하게 반복되어 나타나는 글쓰기를 보여 주었다.[1] "시가 규칙과 기교를 만드는 자들의 축복받은

1) Raymond Queneau, *"Technique du roman"* in *Bâtons, chiffres et lettres*, Gallimard, 1965, p. 29.

대지였다면, 이와 달리 소설은 존재한 이래로 모든 법칙을 벗어나 있다."[2]는 전통적인 생각을 거스르며, 크노는 문학 작품이라면 응당 고유한 구조와 독특한 형식을 갖추어야 한다고 여겼다. 형식적 엄밀성에 대한 크노의 집념을 가장 잘 보여 주는 작품은 『시 100조(兆) 편』(1961년)과 『문체 연습』(1947년)이라고 할 수 있다.

『시 100조(兆) 편』은 고작해야 소네트 열 편이 실려 있을 뿐이다. 그러나 이 소네트를 구성하는 열 네 개의 시행 각각이 칼로 잘려 있으며, 결과적으로 소네트의 각 행은 또 다른 소네트의 각 행들과 자유롭게 조합될 수 있도록 고안되었다. 크노의 계산에 따르면, 10편의 소네트 각각의 행이 조합될 가능성은 10(소네트의 편수)의 14제곱(각각 소네트의 행수), 즉, 100,000,000,000,000개다. 이 소네트를 모두 읽으려면 하루 종일 독서에 몰두한다 해도 대략 2억 년 가량의 시간이 걸린다고 한다. 고작 십여 페이지 남짓한 작은 책은 바로 이렇게 해서 텍스트의 무한 생산 기계로 변모한다. 무한에 가까운 독서 가능성은 머릿속 상상의 공간에서 빠져나와, 직접 손으로 만질 수 있고 눈으로 볼 수 있는 형태의 책과 그 책 각각의 페이지, 그리고 한 권의 책을 이루는 종이 안에 고스란히 담기게 된 것이다.

기발한 한편 깊은 성찰의 결과라고 할 그의 언어-실험적 모험은 『문체 연습』과 함께 정점에 달한다. 리본 대신에 줄을 누른 중절모를 쓴, 목이 다소 긴 젊은 남자가 만원 버스에 올라타 차장이 표를 걷는 동안 옆의 신사에게 버스에 사람들이 오르고 내릴 때마다 자기 발을 일부러 밟지 않았느냐고 시비를 걸더니 이내 빈 자리로 달려가 앉더라는 전반부와 두 시간이 지나 생라자르 역전에서 이 젊은 남자가 동료를 만나 그로부터

---

2) Ibid., p. 27.

외투의 단추를 올려서 달아 보라는 충고를 듣는다는 사실을
골자로 하는 후반부로 구성된, 어느 날 정오 무렵에 벌어진
단순한 이야기 하나가 「약기(略記)」를 시작으로, 「은유」, 「완서법」,
「난맥체」, 「이야기」, 「동음어말반복」, 「의성어」, 「알렉상드랭」,
「어두음 소실」, 「저속함」, 「소네트」, 「전보」, 「기하학」, 「집합론」,
「리포그람」, 「음위전도」, 「아속혼요체」, 「사투리」, 「고어투」 등을
거쳐, 마지막 「반전」에 이르기까지, 아흔아홉 가지의 문체로
변주되어 나타난다.[3] 다소 간결한 주제 주위로 거의 무한으로
불어나는 변주를 이용한 『문체 연습』에 등장하는 각각의 문체를
통해 단순한 일화가 '잠재'와 '제약'의 실험과 맞물려 변화무상한
연주곡처럼 '연습'되는 동안, 문체보다는 이야기가 우선하며,
문체란 고작 형식과 꾸밈에 불과하다는 두 가지 고정관념이
부서지고 만다. 『문체 연습』에서 크노는 투명한 문체는 절대
존재하지 않는다는 사실을 역설적으로 드러내는 동시에 "우리가
이해하는 현실을 형성하고 정의하는 것은 언어 자체"라는 사실도
폭로한다. 크노의 이 소설은 "로렌스 스턴에서 제임스 조이스,
알랭 로브그리예로 이어지는 소위 '반(反)소설'의 전통"을 충실히
따르며 "정말 중요한 것은 이야기가 아니라 그 이야기를 어떻게
하느냐"[4]인지를 적나라하게 보여 주었다.

운문 소설 『떡갈나무와 개』

   1952년 크노는 『네가 이런 생각이라면(Si tu t'imagines)』(1920-
1948)이란 제목으로 이전에 출간했던 세 작품 『떡갈나무와

---

3)   레몽 크노, 조재룡 옮김, 『문체 연습』(문학동네, 2020)을 참조할 것.
4)   필립 테리(Phillip Terry), 「문체 연습」, 박누리 옮김, 『죽기 전에 꼭 읽어야
     할 책 1001권』(2007, 마로니에북스), 444쪽.

개』(1937), 『눈-물(Ziaux)』(1943), 『운명의 순간(L'Instant fatal)』(1946)을
하나로 모아 재구성한다. 1952년 세 작품을 묶어 출간하기 전,
「네가 이런 생각이라면」은 동일한 제목으로 조제프 코스마가
작곡하고 쥘리에트 그레코가 노래를 불러 벌써 프랑스에서는
유명해진 상태였다. 크노의 첫 시집으로 알려진 『떡갈나무와
개』는 소설 『마지막 날들』(1936)과 그 이듬해에 발표된 소설
『오딜』(1937)과 함께 초기 자서전 3부작에 속한다.

1. 운문 소설의 가능성

크노의 시 창작은 소설 활동과 떼어 낼 수 없다. 모두 하나의
뿌리에서 연원했다고 하겠는데, 크노가 왜 『떡갈나무와 개』에
부제로 '운문 소설'을 달아 놓았는지 그 이유를 여기서 설명할 수
있을 것이다. 『떡갈나무와 개』는 장르의 혼합이라는 기획 하에,
전통적인 소설 기법의 모양새를 취하기는커녕 오히려 운문으로
각각의 시편을 구성하였다. 『떡갈나무와 개』에서는 다양한
운문들뿐만 아니라 각운이 체계적으로 운용되는 정형시의
형식들도 변주되어 나타난다. 자전적 부분은 매우 적나라하고
비판적이며 날카로운 문체로 개인의 삶과 그 순간들을
사실적으로 드러내지만 어린 시절에 대한 회상, 젊은 날 정신
분석가의 분석 체험, '마을 축제'로 이루어진 삼각형의 구조
속에서는 흔히 예상되는 소설적 질서의 변증법적 귀결은 물론
'자서전적 협약'도 도드라진다고 말할 수 없다.
우선 '운문 소설'에 관해 살펴보자. 운문 소설은 매우 오래된
장르이다. 18세기부터 본격적으로 산문의 형식으로 '배치'되기
이전, 소설은 무엇보다도 우선, 운문으로 쓰여졌기 때문이다.
희곡도 마찬가지로 운문으로 쓰였다. 소설이라는 장르가 점차
분화되어 산문의 형태로 자리 잡아 갈수록 장르 문학으로의
'운문 소설'은 더 이상 존재하지 않게 되었다. 20세기에 이르러

소설은 거의 대부분 산문의 형식으로 출간하게 되었다.[5] 물론 예외가 없다고 말할 수는 없다. 소설이 모두 산문식 글쓰기로만 진행되는 것은 아니기 때문이다.[6] 마찬가지로 크노의 작품이 유일무이한 운문 소설인 것도 아니다. 운문 소설을 개별 장르로 고려했던 작가들은, "알렉상드랭, 6행시, 8행시와 더불어 각운의 체계"를 실천한 레오 라기에(Larguier)의 『자크(Jacques)』(1907), "알렉상드랭과 8행시를 교차운으로 교합"하여 작품을 선보인 자크 오디베르티(Audiberti)의 『사랑의 아름다움(La Beauté de l'amour)』(1955), "소설-시"라는 부제를 붙인 조르주 페로스(Perros)의 『평범한 삶(Une vie ordinaire)』(1967) 등, 20세기만을 헤아려도 여럿이 목격된다.[7] 운문 소설은 시와 소설을 '화해'시키려는 목적을 갖는다. 가령, 운문에도 '이야기'가 금지되는 것은 아니며, 산문도 운문의 형태로 쓰일 수 있는 사유를 바탕으로 지금까지 언급한 운문 소설은 대게 시적인 요소를 서사의 요소와 혼합한 글쓰기를 실험하려 했다는 점에서 다소 예외적인 시도처럼 분류되었다고 할 수 있다. 이에 비해 『떡갈나무와 개』에서 크노는 오히려, 전통적이고 기계적인 장르 구분에 대한 거부의 의사를 표명하기 위해 운문 소설의 형식을 취해 왔다고 볼 수 있다. 여기에 우리는 '서정시로 환원된 시'에 대한 크노의 저항을 우선

---

5) Christelle Reggiani, "Romans en vers au XXe siècle — Quelques réflexions sur les modes d'existence des êtres génériques", in *Poétique*, n° 165, Seuil, 2011, p. 21.

6) 산문(prose)이라는 말은 'prosa'를 어원으로 한다. '직진하는 글', '똑바로 앞으로 나가는 글'이라는 뜻이다. 여기서 산문식 글쓰기는 운문의 형태를 띠지 않은 모든 글쓰기라는 의미를 갖는다.

7) Michel Décaudain, "Sur le roman en vers au xxe siècle" in Christiane Moatti et Jozef Heistein (éd.), *Typologie du roman* (Romanica Wratislaviensia, n° 22), éd. de l'Université de Wroclaw, 1983, cité par Christelle Reggiani, in op.cit.

언급할 수 있을 것이다. 운문의 형식을 띠긴 하지만, 자전(自傳)에 근접한 이야기로, 운문이라는 기존 장르에서 우리가 응당 갖게 마련인 '기대의 지평'을 사전에 배반하는 전략을 취하고 있기 때문이다. 필립 르죈이 지적하듯, 자전에 속하려면 "한 실제 인물이 자기 자신의 존재를 소재로 하여 개인적인 삶, 특히 자신의 인성(人性)의 역사를 중심적으로 이야기한, 산문으로 쓰인 과거 회상형의 이야기"를 바탕으로 "저자와 화자 그리고 주인공 사이의 동일성이 성립"[8]해야 한다. 그러나 크노는 자전적인 이야기를 '소설'이라는 이름으로 지칭하는 동시에 여기에 호응하는 형식을 운문으로 취하여, 산문의 영역에 조금 더 속한다고 볼 수 있는 자서전에 필수적으로 간주된 '사실임직함'과 그 흔적을 지워 버린다. 『떡갈나무와 개』의 집필 동기에 관해 크노는 조르주 리브몽-데세뉴에게 다음과 같이 이야기했다.

결과적으로 나는 소설, 내가 기술하고자 욕망하는 소설 그리고 시 사이에 근본적인 차이를 단 한 번도 목격하지 않았다.

나는 심지어 운문 소설, 『떡갈나무와 개』를 썼는데, 이를 위해, 특별히 시적이지 않으며, 정신 분석학으로 간주되는 어떤 주제를 선택했다. 1부에서 나는 그리 즐겁지는 않았던 나의 유년시절을 이야기하고, 2부에서 마찬가지로 즐겁지는 않은 정신 분석 치료를 이야기한다. 나는 이 소략한 책을 1937년 발간했고, 일이 년 전부터 시를 다시 쓰기 시작했으며, 초현실주의 그룹을 떠난 후, 시 쓰기를 멈추었다. 1943년 『눈-물』이, 조금 지나 어린아이들을 위한 『목가(Bucolique)』가, 1947년에는

---

8) 필립 르죈, 윤진 옮김, 『자서전의 규약』(문학과지성사, 1998), 각각 17, 19쪽.

『운명의 순간』이 출간되었는데, 이 책은 특히 늙음과 죽음에 관한 시들이다.[9]

따라서 그는 19세기 말 이후에 폐기되다시피 한 고전적이고 전통적인 운문들, 예를 들어, 알렉상드랭, 6음절 시, 8음절 시 등을 활용하여, 이야기의 형태를 갖추었지만, '시적 측면'이라 인식되어 온 '서정성'을 자발적으로 지워 내는 동시에 소설의 측면으로 알려진 내레이션 역시, 혼란스러운 자아의 입을 빌려 조각나고 파편화된 방식으로 구성하였으며, 결과적으로 작품은 소설의 사실성과 구체성을 상실하고 만다. 이렇듯 자전과 소설, 시가 서로 혼교되고, 이 삼자가 서로를 견제하는 양상을 취하여 『떡갈나무와 개』는 오히려 장르 구분이 불가능한 작품이 되고 만다.

2. 1부: 유년 시절

『떡갈나무와 개』는 연속된 시가 아니라, 총 세 개의 독립된 부(部)로 구성된, 일종의 시리즈의 면모를 지닌 시집이다. 열세 편으로 구성된 1부는 작가의 유년 시절과 밀접히 관련된 서술로 이루어져 있다. 1부는 시인의 탄생을 환기하며 다음과 같이 시작한다.

나는 일천구백삼년 이월하고도 이십일일에
르아브르에서 태어났다.
어머니 잡화상인 아버지도 잡화상인이었다 :
두 분은 기뻐서 날뛰었다.

---

9) Raymond Queneau, "Conversation avec Georges Ribemont-Dessaignes" (1950) in *Bâtons, chiffres et lettres*, op. cit., p. 42.

이루 말할 수 없는 부당함을 내가 깨닫게 된
어느 날 아침 나는 넘겨졌다
구두쇠에 멍청한 여자, 내게 자신의 젖가슴을
드밀은 어느 유모의 품으로.
믿기 힘들었던 것은 이 우유 부대에서 내가
진수성찬을 끌어냈다는 사실
말하자면 배
모양의 여성 기관에, 내 입술을
아주 바짝 눌러대면서. (9쪽)

　　12음절로 구성된 알렉상드랭 시구와 6음절로 구성된 육행시가
한 줄씩 교차하는 방식으로 작품이 구성되었다. 이처럼 전통적
운문 형식을 차용한 가운데, 단순과거를 사용하여 전개한 서술은
내면 세계에 대한 직접적 고백에서 다소 벗어나, 자아에 대한
회고적 시점을 만들어 낸다. 시인은 사이사이에 유머러스한
표현들도 끼워 넣으며, 이러한 유머의 기조는 시집 전체를
관통한다. 1부의 시편들은 운문으로 전체 형식이 통일되어 있으나
각각 시편의 형식이 동일한 것은 아니다. 출생에서 어린 시절까지,
가족 여행이나 친척들과의 만남, 초등학교의 생활이나 책 읽기나
독서의 경험, 아버지 가게에서 겪은 자잘한 일화와 같은 개인적
사건들이 한 축으로 자리 잡고, 타이타닉 호의 침몰("타이타닉 호가
거대한 빙하를 건드린다.", 45쪽)과 대영제국의 식민지 박람회 '제국의
축제'("조지 5세의 대관식", 45쪽), 아나키스트 조셉 보노(Bonnot)의 은행
탈취 사건("권총으로 무장한 일당들이 아름다운/ 차를 훔쳐 파리를 달리는
모습", 45쪽)이나 "세르비아인이 오스트리아 황태자를 살해"(47쪽)한
사건으로 촉발된 제1차 세계대전 등 20세기 초의 굵직한
사건들이 시간 축을 따라 편편의 시에 콜라주처럼 배치된다.
　　운문이 특유의 간결성으로 인해, 플롯을 무화시키고 사실적
묘사를 방해하지만, 그럼에도 불구하고 이야기는 시간 순서에

따라 거대한 하나의 서사적 주물에 담기고, 커다란 흐름처럼 작품을 관통한다. 굵직굵직한 사회적·역사적 사건들의 사이와 사이, 벌어진 간격을 봉합하듯 개인적인 이야기가 들어선다. 가령 "버림받은, 속아 넘어간 아이"("일그러진 모습 말고/ 다른 모습을 너는 어떤 거울에 비추어 볼 것인가?", 39-41쪽)의 목소리가 삽입된다. 자전적인 유년의 '이야기'에서 어머니를 질투하는 아이("내 침대는 그녀의 침대 바로 옆에 있다./ 부정한 이 여인의 신음이 내게 들려온다." 41쪽)와 아버지를 라이벌("얼마 안 가서 아버지는 나를 때렸다./ 나는 그의 인격에 침을 뱉었다.", 41쪽)로 여기는 아이는 상상적 판타즘을 따라 자신과 부모와의 관계를 차츰 변형시켜 나간다.

> 이십오 개월이나 이십육 개월이라는 존중받을
> 나이에 이르렀을 때,
> 부모님이 도로 데려와, 그들의 식탁에 앉은 나는
> 코르셋을 꽁꽁 졸라맨
> 몹시 타락한 천사들과 냄새를 풍기는 악마들이
> 박제된 새들을 오물통에
> 버리곤 했던, 종이나 거친 조각 천 따위로 만들어진
> 꽃들이 서랍 속에서
> 모자들을 장식할 채비를 벌써 끝마친
> 꽃다발로 자라나곤 했던,
> 과분했던 어느 영역의 계승자, 아들 그리고 왕,
> (9-10쪽)

가족 이야기는 성장 서사의 특성을 지닌다. "배신감에 놀랄/ 나이를 이제 막 지나"면서 아이는 정체성에 혼란을 느끼고, 가정에서 자기 자리를 발견하지 못하고 혼란을 느끼지만, 결국 가족을 정의하며 관계 속에서 자신의 위치를 파악한("아빠, 엄마 : 그들은 부부다./ 나는 그들의 어린 아들이다.", 43쪽) 회상자-서술자-

고백자로 성장한다. 가족들 사이에서 벌어진 수다한 일들과
자잘한 대소사가 만들어 낸 저 두터운 현실의 시간이 고작 몇
줄의 운문에 담기면서, 자전의 이야기는 오히려 규칙적이고
경쾌한 시적 리듬에 따른 압축성과 주관성에 의해 일종의
노래처럼 재편된다. 이와 같은 기이한 현상은 시인이 부모에게서
받은 꾸지람의 목록을 작성하며 회상할 때도 목격된다.
"송아지처럼" 울면서 "고집을 피울 뿐"(71쪽)인 아이, "일요일에
깨끗한 네 옷을/ 초콜릿으로 마구 더럽혔"(71쪽)다고 꾸중을 얻어
듣는 아이, "너희 반에서/ 제일가는 열등생"이 된 아이, 더구나
"체육도 영어도 형편없어/ 매주 목요일 나와야 했"(71쪽)다고
꾸중을 듣는 아이는 기억 속에 각인된 사건들을 고통스레
회상하지만, 그 리듬은 경쾌하고 서술은 간략하며 각운에 따라
흥얼거리는 노래가 된다.

　　1부는 회상으로 가득 채워진다. 열여섯 살이 될 때까지 시인은
학교에서 아들에게 호되게 매질을 가하는 선생님을 보고 공포를
느끼고("나는 교묘하게 가해진 구타로 붉게 물들어 버린/ 그 녀석의 엉덩짝을
보고 그만 공포에 사로잡혔다", 17쪽), 교무실로 불려가는 어머니를
감시하면서 "몇 가지 편집증"에 시달리는 등, "공포와 기이한
심리적 불안들로 짓눌린"(19쪽) 나날들을 보낸다. "고통스러운
기억의 그것에 다름 아닌 고백의 톤"[10]만이 1부를 구성하는 것은
아니다. 시인은 1부에서 가족과 함께했던 첫 여행("페캉, 나의 첫
번째 여행지", 27쪽)의 설렘과 즐거움을 표현하고, 이후 3, 4년 사이에
이루어졌던 "옹플뢰르, 투르빌"과 "볼베크, 릴르본, 에트르타"을
비롯하여 "파리"(27-29쪽) 가족 여행의 추억을 한 편의 시에
집약해서 표현한다.

10)　Yvon Delaval, *Préface* in *Chêne et chien* suivi de *Petite cosmogonie
portative*, Poésie/Gallimard, 1952, p. 11.

3. 2부: 정신 분석의 시기

2부는 아홉 편의 시로 구성되어 있으며 『떡갈나무와 개』 집필 당시 받고 있던 정신 분석 치료의 경험을 바탕으로 기술되었다. 악어의 그림자 안으로 '나'를 밀어 넣은 "이상한 마술사"(79쪽)와 "주술을 부리는 어느 이상한 악당", "운명의 마녀"와 "저주를 퍼붓는 자"(81쪽)의 무의식적 존재를 고백하면서 불평을 늘어놓는 대목으로 시가 착수된다. 이 "악어"에게 쫓기는 "남자와 여자"의 이야기에서 시인은 판타즘을 자유로이 쫓게끔 스스로를 방임한다. 어린 시절 어머니에게서 버려진 아이가 겪는 고통은 "탄식"과 "비명", 그리고 "경련 떠들썩한 소란"(91쪽)처럼 기록된다.

> 나는 소파 위에 몸을 눕혔다
> 그리고 내 인생을 이야기하기 시작했다,
> 내 인생이라고 내가 믿고 있었던 것을.
> 내 인생, 이것에 대해 내가 뭘 알고 있는가?
> 그리고 너의 인생, 너, 너는 그것에 대해 뭘 알고
> 있는가?
> 그리고 그, 여기에 있는, 그는 알고 있는가,
> 자기 인생을?
> 봐라, 모두가 한통속이 되어
> 자기가 바라는 대로 행동한다고
> 상상하는 자들이 죄다 여기에 있다
> 마치 자신이 바라는 것을 자신이 알고 있다는 듯
> 마치 자신이 바라는 것을 자신이 바라고 있다는 듯
> 마치 자신이 알고 있는 것을 자신이 바라고 있다는 듯
> 마치 자신이 알고 있는 것을 자신이 알고 있다는 듯.
> 아무튼 이런 까닭에 나는 파시 근처에 와서
> 소파 위에 누워 있는 것이다. (77쪽)

시인은 정신 분석 자체를 검열하기 시작한다. 정신 분석에 의해 표면화되는 꿈과 환상이 2부의 주된 주제라고 할 수 있지만, 이야기의 구조는 1부에 비해 오히려 취약해졌다는 사실을 알 수 있다. 그 대신 이야기를 밀어내고 이미지를 제시하는 서정적 언어가 침투해 온다. 그러나 서정적 언어는 운문이라는 특성에만 기인한 것은 아니다. 예를 들어 보자. 화자는 '꿈'을 고백한다.

> 꿈이 많아서 무얼 선택해야 할지 모르겠다,
> 내 꿈은 몇 년씩 지속되었다,
> 내 꿈은 만들어 내지 않으면 안 되는 이야기들과
> 귀 기울이지 않으면 안 되는 말들로 점점 늘어났다.
> 아스팔트 깔린 밤으로부터 아이를 당신에게 데려온다,
> 날개는 청백색 그리고 그림자는 그들 진실에
> 반사되어, 깨어져 눈부시게 빛나는 석탄에 의해,
> 빛을 받아 하나하나 알갱이로,
> 내일 되돌아올 현실의 나비를 비추고 있다. (85쪽)

"끈들"의 "매듭이 풀리고"(109쪽) 마는 것처럼, 시인은 꿈을 꾸고, 또 그 꿈을 고백하며, 그 고백을 시로 필사한다. 서정적이며 또한 초현실적이라고 말해도 좋을 만한 언어로 일련의 이미지를 감아 낸 이야기가 펼쳐진다. 간결한 운문의 규칙적인 운율에 감겨, 이야기는 개인의 고통을 감소시킨다. 니아가 이야기에서 묻어나는 은밀한 과거에 오히려 객관성을 부여하면서 이 개인의 고통은 타자화하는 언어를 통해 재현된다. 보들레르의 「슬프게 방황하며(Moesta et errununda)」의 구절을 살짝 변형한 "사랑으로 가득한 푸르른 천국"(81쪽)과 마찬가지로 말라르메의 시구 "밤으로부터 아이를 당신에게 데려온다"(「헌시(Donc du poème)」)가 일부 인용되었듯이, 이와 같은 서정적인 표현 속에는 패러디도 들어가 있다는 사실도 언급해야 한다. 시인은 창피와 부끄러움,

모욕과 상처의 순간으로 가득한 과거를 정신 분석가에게
고백한다. 그러나 그가 누워서 들려준 이 꿈은, 사실성과
구체성을 약화시킨 자리에 '타자화한 시선'을 심어 놓고, 객관화한
시선으로 다시 이 '꿈'을 바라보는 이야기, 그렇게 읽는 우리에게
다소 낯설어 보일 수 있는, 서정적 감정이 적재된 이야기로
거듭난다. 자전적 이야기의 주체와 서정적 주체 사이에서
동요하는 '나'의 위상이 바로 여기서 탄생한다. 한편 시인은
정신 분석가와의 약속에 일부러 "늦게 도착"하고 또한 분석에
임해서는 일부로 "내가 떠올린 것들을 뒤섞"(115쪽)기도 한다.
시인은 정신 분석가에게 어떤 면에서 저항한다고 할 수 있는데,
특히 시인은 그가 치료비를 요구할 때 공격적("그는 탐욕스러운 자",
"단순히 이익에 눈먼 작자", 117쪽)이다. 그러나 정신 분석가는 두 개로
분화된 시인의 인격이 한층 진화할 수 있도록 도와준다.

> 나는 보았다, 내 삶의 원천!
> 활활 타오르는 태양의 톱니를
> 그리고 나는 고르곤을 보았다
> 메두사의 저 고귀한 머리를,
> 아아! 나는 알겠다 이 얼굴을,
> 나는 알겠다 이 무시무시한 얼굴을 그리고
> 보는 자를 돌로 만들어 버리는 시선을,
> 나는 알겠다 공포를 뿜어내는
> 증오의 저 역겨운 냄새를
> 나는 알겠다 썩어 있는
> 역겨운 이 여성적인 태양을,
> 나는 그곳에서 알아본다 내 어린 시절을,
> 언제까지나 영원할 내 어린 시절을,
> 오염된 원천, 더럽혀진 운명,
> 잘려 나간 머리, 심술궂은 여인,

혀를 내미는 메두사여,
역시 나를 거세하려 한 건 바로 너인가? (97쪽)

떡갈나무와 개 여기에 내 이름
두 개가 있다, 섬세한 어원 :
신들과 악마들 앞에서 어떻게
이름을 감출 수 있겠는가? (121쪽)

　2부의 이야기에서 표출되는 서정성은 화자인 '나'의 꿈,
이야기로서의 사실성이 아니라 그 꿈의 시로서의 환상에서 제
의미를 부여받는다. 이러한 구조는 물론 자기 분석을 실행하고
이를 다시 이야기하는 주체인 '나'이다. 이 '나'는, 꿈과 환상을
동시에 이야기할 뿐 아니라 '문학적 광인(狂人)'인 피에르 루의
저작을 언급하거나 나아가 그의 '태양상징론' 『신의 과학』을
제 시에 삽입하고, 고대의 신화적 모티브(메두사)를 시에서
제시하는 등, 유년기의 '불행'에 상징적이고 신화적으로 의미를
부여하고자 한다. 자신의 무시무시한 '원천'을 마주한 '나'는
겁에 질려 떠는 모습을 보인다. 그러나 강렬한 이미지 앞에서
오히려 그는 관찰자의 입장을 견지한다. 이 시가 여전히
이야기라는 인상을 풍기는 것은 상징과 '개인적 신화'를 보여
주는 장면, 바로 이미지에 대한 이러한 거리감 때문이다. 여기서
'떡갈나무(chéne)'와 '개(chien)'에서 유래한 '크노(Queneau)'라는
이름의 어원 탐구가 이루어진다. '나'는 한편으로 "먹어
치우고 흘레붙는"(121쪽)는 '개'이며, 이 "사납고 충동적"이기도
한 '개'가 사악하고 못된 '나'의 측면을 대표한다면 이름의
반쪽인 '떡갈나무'는 "고결하고 위대"하며, "푸르른 생기로
넘쳐"(121쪽)난다. "개"는 "지옥들로 도로 내려"가고 "떡갈나무"는
"마침내" "일어"(127쪽)나는 것으로 2부가 마감된다.

4. 가족 로맨스

『떡갈나무와 개』는 어떤 점에서 정신 분석학에서 언급하는 "가족 소설"에 가깝다. "르아브르 고등학교는 매력적인 건축물, 14년에 전쟁이/ 터지자 이 건물은 아름다운 병원으로 변형되었다"(17쪽)는 대목처럼, 크노의 작품은 개인적이고 집단적인 기억을 불러내고, 의사의 질문에 대해 환자 스스로가 말하는 형식을 취하면서, 저주받은 어린시절 이래로 억압되어 온 충동이 펼쳐지는 정신 분석적 기억을 회상한다. 현실의 세계에서 굳게 입을 다물고 있는 것들, 현실 그대로라면 실행될 수 없는 것들, 또한 그것 자체로 "고통스러운 감정들"[11]이 '문학적 창조'를 통해 실현 가능한 세계로 진입한다. "배설물의 흔적"을 "얼굴"에 "지니고 있"는 "신부들"(95쪽)이나 "진짜 음탕한/ 돼지들"이 지니고 있는 "자기들의 본능"(21쪽) 등, 크노의 작품에서 빈번히 출현하는 "쓰레기", "찌꺼기", "배설물", "음탕" 등에 대한 '강박적 은유'[12]는 '개인적 신화'를 구성하는 퍼즐을 이룬다.

> 나는 분명 쓰레기와 찌꺼기에나 걸맞은 미각을
> 갖고 있었다, 내 증오와 내 절망의 모습;
> 시커먼 배설물인 저 모성의 태양 그리고

---

11) 지그문트 프로이트, 정장진 옮김, 「작가와 몽상」, 『예술, 문학, 정신 분석』 (열린책들, 2003), 145쪽.

12) Charles Mauron, *Des métaphores obsédantes au mythe personnel* : *introduction à la psychocritique*, Paris, éditions José Corti, 1963. 모롱은 "작품 전반에서 나타나는 판타즘의 집합"(138쪽)을 규명하기 위해서 시에서 시로, 작품에서 작품으로, 끈질기게 되풀이는 이미지들이 그물처럼 나타나며 형성되는 '강박적 반복'의 체계를 포착하는 게 중요하다고 보았다. 이를 통해 '개인적 신화', 즉 욕망의 개별적인 뿌리를 캐고 그 원인을 추적하려 시도했으며, 그 대상은 대부분 시인과 그들의 작품이었다.

기쁨 가득한 저 찌푸린 얼굴. (39쪽)

2부에서 등장하는 피에르 루의 『신의 과학』에 대한 기나긴
인용은 바로 여기서 비롯된다. 초현실주의 시절 크노에게 영향을
미친 "문학적 광인들" 중의 하나였던 피에르 루의 '배설하는
태양론'이나 조르주 바타유의 "태양의 항문"[13]을 우리는 떠올릴
수 있는데[14] 『진흙의 아이들』에서도 진행한 바 있는 이 문학적
광인들에 관한 연구는 지적인 탐구와 개인적인 집착 사이에서
크노가 어떤 관계를 유지했는지를 알려 준다. 2부는 또한
'떡갈나무'와 '개'라는 양극화된 문장(紋章)에 몰두했던 작가가
섹스와 오물 사이의 병적인 합치를 시도하는 등, 모호한 부분에
관해 어떤 태도를 취하고 있는지를 보여 준다. '떡갈나무'에는
고귀함과 정신성이, '개'에는 쓰레기-오물의 취향이 자리하듯,
억압의 이유를 갑자기 드러내고자 하는 시도나 "썩어 있는/
역겨운 이 여성적인 태양"(97쪽)의 정체성을 알아내려고 하는
일은, 한편으로 크노에게는 정신 분석의 양면성을 드러내는
것보다 조금 덜 중요한 문제로 부각된다. 왜냐하면 2부에서
전개된 정신 분석적 시도가 막다른 골목("열심히 설명해 봐도 해석을/
늘어놓아 봐도 소용없다:/ 이 모든 게, 비엉신분석나부랭이다", 117쪽)으로
끝나게 된 것은, 결국 정신 분석이 진지함을 결여하고 그 치료에
있어서도 결함을 지닌 것으로 인식되기 때문이다.

정신 분석 이야기는 진부해 보이는 클리셰(불행한 어린 시절, 벨
에포크의 신화, 기이한 성적 체험, 어머니와 아버지 사이의 갈등 등)뿐만 아니라
그 형태와 출현만으로도 영향을 미치는 일련의 해학적이고
유머러스한 탈신비화 작업을 경유해서 전개된다. 크노는 자신을

---

13) Georges Bataille, *L'Anus solaire : Suivi de Sacrifices*, Nouvelles Editions
Lignes, 2011.
14) 153쪽 주 71을 참조할 것.

어린 시절의 악몽에 묶어 놓은 사슬을 풀어 버리기 위해, 운문을 엄밀하고 호되게 몰아붙여 완결도를 높인 상태에서 이 악몽을 단단하게 되감아 낸다. 이 과정에서 알렉상드랭, 6행시, 8행시, 혹은 규칙적인 운율의 교차로 이루어진 절시 등, 전통적이고 고전적인 운문이, 평범하고 일상적인 표현이나 구어적 문체, 친숙한 어휘들과 결합되거나, 대중적인 노래("나는 침묵을 찾는다 그리고 티틴을 찾아 헤맨다"[15], 103쪽)나 잡다한 문화적·역사적 사실들, 의미의 일관성에서 벗어난 과감한 생략, 범박한 수사학적 비유 등과 결합된다. 1부에서 제사로 달아놓은 부알로의 문장이 이렇게 실현된다. "운문을 만들 때면, 나는 항상 우리 언어에서 아직 말해지지 않은 것을 말하려고 고심"하면서, 크노는 "이 세상에 존재한 이래로 내가 했던 모든 것을 나는 거기에 죄다 털어놓"고, 거기에 "나의 결점들, 나의 세대, 나의 기질, 나의 습관들"을 "네가 어떤 아버지와 어머니에게서 태어났는지"를 "고백"(8쪽)하는 것이다.

크노는 "특별히 시적이지 않으며, 정신 분석학으로 간주되는 어떤 주제를 선택"하여 1부에서 "그리 즐겁지는 않았던 나의 유년시절을 이야기"하고, 2부에서 "마찬가지로 즐겁지는 않은 정신 분석 치료"를 이야기한다고 쓴 바 있다. 또한 사후에 남긴 노트에서 크노는 이 작품 전반을 차지하는 정신 분석학의 역할에 대해 다음과 같이 말한다.

> (아직 번역되지 않았던) 조이스와 포크너의 영향이나 또 다른 이유에서 나는 내가 쓰고 있던 것들에 하나의 형식, 하나의 리듬을 부여하였다. 나는 소네트만큼이나 엄밀한 규칙을 고정시켰다. 장소들, 표현의 상이한 양태들, 등장인물은 나타나지 않았으며 또한 우연히 사라지지도

---

15) 154쪽 각주 81을 참조.

않았다. (……)

지드의 용어를 빌리자면, 심지어 선적인 소설들이나 이야기에 있어서, 나는 항상 숫자 혹은 전적으로 개인적인 판타지를 향한 나의 취향을 만족시키려는 것 외에 다른 이유를 갖고 있지 않았던 모종의 규칙들을 따르려고 애썼다.[16)]

대학에서 꾸준히 정신 분석학과 심리학 수업을 들었던 크노는 프로이트의 정신 분석학을 잘 알고 있었을 것이다. 아이가 맺는 부모와의 관계를 환기하는 가운데, 프로이트가 "자기들이 낮게 평가한 부모에게서 벗어나기 위해 사회적 지위가 높은 사람들이 진짜 부모"[17)]라고 여기는 신경증 환자들의 판타즘이라고 불렀던 '가족 로맨스' 역시 크노에게는 낯선 것은 아니었을 것이다.

소중하고 훌륭하신 부모님, 얼마나 내가 당신들을 사랑했는지,
당신들의 죽음을 생각하며 오! 내가 얼마나 울음을 터트렸던지,

---

16) Raymond Queneau, *Bâtons, chiffres et lettres*, op.cit., p. 41.
17) 프로이트는 "신경증 환자들이 부모에게서 멀어지는 발단 단계의 후반부"에 나타나는 "가족 로맨스"는 "만약 시골에 산다면 영주나 지주, 도시에 산다면 상류 사회 사람들과 알게 되는 실제 경험과 맞물려" 아이는 "이 우연의 일치를 이용"하는데, "이런 기회가 아이의 시기심을 자극하고, 아이가 부모를 고귀한 신분의 사람으로 바꿔 버리는 상상을 하도록" 하여, 부모에게 복수한다. "어머니가 부정한 정사(情事)로 경쟁자인 그들을 낳았다고 상상"하는가 하면, "형제 자매들을 서자(庶子)로 만들어 제거함으로써 영웅이자 주인공 자신은 합법성을 얻는 흥미로운 가족 로맨스의 변형"이 생겨나기도 한다고 프로이트는 말한다. 지그문트 프로이트, 김정일 옮김, 「가족 로맨스」, 『성욕에 관한 세 편의 에세이』(열린책들, 1997), 200-202쪽.

소중하고 훌륭하신 부모님, 얼마나 내가 당신들을
사랑했는지,
　나 어쩌면 당신들의 죽음을 바라고 있었던 것.

　짓누르며 성큼 다가오는 내 범죄에 대한 불안이
나의 속박을 풀어 주었다.
　나는 공포와 기이한 심리적 불안들로 짓눌린
유년 시절을 보냈다 : (19쪽)

　그녀는 나를 자기의 방울새라고 부른다.
　그녀는 나를 사랑하고 있다고 이야기한다.
　내 침대는 그녀의 침대 바로 옆에 있다.
　부정한 이 여인의 신음이 내게 들려온다.

　얼마 안 가서 아버지는 나를 때렸다 :
　나는 그의 인격에 침을 뱉었다.
　나는 패배하여 머리를 수그렸다 :
　나는 훗날 위대한 사람이 될 것이다. (41쪽)

　이 '가족 소설'에서 크노는 불행하다고 여겨진 어린 시절과
유머러스하게 거리를 두고, 정신 분석학에 비추어 섹슈얼리티에
관한 금기를 다시 읽는다. "오이디푸스의 억압에서 탄생하여
아버지와 어머니와 맺는 관계에 아이가 상상적 방식으로 변형을
가해나가는 '가족 로맨스'는 부모를 드높이거나 비하하는 아이의
모습이 목격되는 1부의 세 번째 작품에서 목격된다. 이 아이는
따라서 아주 복잡한 존재처럼 표현된다.

　야릇한 물건들:
　나팔 모양 보청기

덕분에 호루라기에 침을
묻혀 가며 우리는 잠자는 방에서 가게로
연락을 할 수 있었다;
간혹가다 내가 씨앗이나 정어리 대가리 그리고
오래된 호두 껍데기를
으깨는 데 사용하곤 했던 부엌에서 굴러다니던
고기 다짐용 방망이;
파리를 가두는 커다란 통발, 부레풀 악취를
풍기는 공장이 원인을 제공해서
부패에 끌린 파리 떼들이 윙윙거리면서 퍼트리는
망상으로 진동하고 있었다. (39쪽)

1부는 20세기 초 아이가 보낸 시간을 하나씩 불러낸다.
파리까지 이르게 되었던 주변 도시들 여행기, 화보와 잡지들,
어머니 가족과 보낸 행복한 바캉스, 파테 혹은 쿠르살에서
영화를 보기 등이 이 시간을 구성한다. 아들을 '방울새'라고
부르는 부정한 어머니를 아이는 희망 없이 사랑하며, 한편 병든
아버지는 그가 돌보아야 하는 "창백한 회복기의 환자"(33쪽)다.
악마", "사탄", "해골과 썩어 가는 시체"(93쪽)는 "내 증오와 내
절망의 모습"(39쪽)으로 살아나고, 악마가 된 아이는 태어나기
전의 어머니–아이 관계에 기초한 낙원, 그러나 잃어버린 낙원의
추락일 뿐인 지옥을 지배하게 될 것이다.
  2부는 꿈의 분석과 저항하는 의식의 소스라침을 통해
"그림자들이 떠돌아다니는 이 터무니없는 안개"(69쪽)를 통한
탐구를 전개하면서, 1부의 '무의식'을 구성한다. 이처럼 2부에는
제사에 인용된 시구처럼 "오! 주여, 좀더 남자답게 돼 보려고/
저는 어린 시절로 되돌아왔습니다"를 전개할 것이라는 사실이
예고되어 있다. 그러나 이 남자다움과 연루된 이야기는 거의
목격되지 않으며, 정신 분석 치료 이야기가 오히려 주된 내용을

이루며 "기쁨 가득한 저 찌푸린 얼굴"(39쪽)의 일화를 구성한다. 한편으로 크노에게 정신 분석은 회상이나 회고가 아니라 성찰과 탐구의 성격을 지닌다. 시인은 우선 '배'의 은유를 인용한다. 일곱 번째 시의 "흔들리는 배"(111쪽)는 자기 자신을 찾아서 변화의 한복판에 놓인 시인의 인격을 재현한다. 선원들은 충동에 동화되는 한편, 자아를 대표하는 선장과는 대립되어 나타난다. 정신 분석은 시니컬하고 상스러운 '개'와 고귀하고 위대한 '떡갈나무', 이렇게 두 가지 측면 사이의 갈등을 유발하고, 마침내 이 둘이 서로 화해할 길을 열어 놓는다. 갈등이 차츰 잦아든 개는 "지옥들로 도로 내려"가고, "마침내" "떡갈나무가 일어"나 "산의 정상을 향해 걸어가기 시작"하는 행위가 2부의 마지막을 장식한다. 드봉이 지적하듯, 영혼의 상승을 상징하는 "떡갈나무"와 "먹어 치우고 흘레붙는" 개 사이의 투쟁은, 크노의 창작 세계를 지배하는, 빈번하게 나타나는 긴장에 대한 알레고리라고 할 수 있다. 한편으로 이상적이고 지혜로운 길이 있으며, 다른 한편으로 "쓰레기와 찌꺼기에나 걸맞은 미각/ 내 증오와 내 절망의 모습"(39쪽)에 대한 이상을 추구하며 에 대한 탐구의 길이, 그 사이의 긴장이 있다.[18)]

5. 3부: 마을의 축제

3부는 '마을의 축제'라는 제목의 장시 한편으로 구성되며 "언덕 전체를 뒤발하고 골짜기를 따라 흔들리"는 "기쁨"(131쪽)을 표현하는 대목에서 시작한다. 3부는 1부, 2부와는 상당히 다른 텍스트라고 할 수 있다. 형식적인 면에서, 전통적인 운율이

---

18) Charles Debon, "Queneau Raymond, 1903-1976" in *Dictonnaire de Poésie de Baudelaire à nos jours* (sous la direction de Michel Jarrety), P.U.F., 2001, p. 647.

완벽하게 사라졌으며, 직접화법으로 인용된 패러디 구절과 텍스트의 마지막 부분을 제외하고는 구두점 또한 목격되지 않는다. 별도의 제목이 붙어 있으며, 1인칭이 사라지고 거의 대부분 3인칭으로 발화되었다는 점에서 정신 분석적-고백적-자전적 에크리튀르가 주를 이룬 1부와 2부와는 차이가 있다. 중요한 것은 3부에는 작가의 삶과 직접적으로 관계 짓게 하는 정보가 전혀 목격되지 않으며, 이야기 자체도 사라졌다는 점이다. 텍스트의 시간이라는 관점에서도 3부 「마을의 축제」는 2부와 연결되지 않을 뿐만 아니라, 서로 상이한 맥락에 위치하는 것으로까지 보인다. 1부와 2부가 각각 크노의 유년시절(1903년에서 1916년까지, 즉 탄생에서 열세 살까지)과 정신 분석을 받던 당시(1932년에서 1936년까지)의 이야기와 호응하는 한편, 3부는 자서전적 지표는커녕 어떠한 역사적 시간과도 연관지을 수 없다.[19] 그럼에도 불구하고 3부 「마을의 축제」를 1부와 2부의 문맥 속에서 읽어야 한다는 사실은 자명해 보인다. 크노는 시집 전체의 유기적 관계에 관해 다음과 같이 언급한다.

> 제1부에서 X 씨는 자신의 어린 시절에 관해 신경증 전개를 엿보게 해주는 몇 가지 특징을 말하지만 자세한 내용은 여기에서 보고되지는 않는다. 제2부에서 X 씨는 특별히 불편하게 하는 몇몇 증상을 없애려는 목적으로 그가 취한 정신 분석 치료에 대한 이야기를 들려준다. 제3부에서 X 씨는, 자신이 회복되기 전날, 고향의 축제에

---

19) 자서전 3부작 중 『최후의 날들』은 1921년에서 1924년 소르본 대학 시절을, 『오딜』은 1927년에서 1929년까지 초현실주의 그룹을 탈퇴하기 직전까지의 시기를 다루고 있다. 따라서 『떡갈나무와 개』 1부와 2부 사이에 『최후의 날들』과 『오딜』이 위치한다는 사실을 알 수 있다. 「마을의 축제」는 훗날 『떡갈나무와 개』와 분리되어 시집 『목가』에 재수록되었다.

참석하고 대중적 기쁨에 동참한다.[20]

'축제'는 화자 "X 씨"의 '치유'와 연관성을 가지며, 오히려 "X 씨"는 바로 치유라는 이유로 축제에 참여하는 듯 보인다. 「마을의 축제」는 다음과 같이 시작한다.

커다랬다 커다랬다 사람들 기쁨의 마음의 저 기쁨은 산
너머로 태양을 춤추게 하고 수확물을 거둬들이는 대지를
요동치게 할 만큼
커다랬다 커다랬다 기쁨은 강물을 솟구치게 만들고
바위 사이로 샘물이 솟아나 웃으며 오줌을 누게 할
만큼
커다랬다 커다랬다 언덕 위로 별들이 흔들거리고
지극히 명랑한 천체와
밤이며 낮이며 기억의 수액으로 부풀어 오른 달이
구름 조각들의 바람에 실려 떠다닐 만큼
기쁨이 언덕 전체를 뒤발하고 골짜기를 따라 흔들리고
있었다.

「마을의 축제」는 운문을 버리고 "현재까지, 대화나 근래 소설에서의 서술체를 제외하고는 권리를 갖고 있지 못"한, 그렇게 "국가적인 무자격에 얻어맞은 상태로 머물고 있"[21]는 구어를 적극적으로 활용하여 신선하고 독특한 리듬을 만들어 낸다. 중요한 것은 1부와 2부 각각의 서두에서 드러나는 '나'를

---

20) Raymond Queneau, Notes et variantes, in Œuvres complètes, I, édition établie, présentée et annotée par Claude Debon, Gallimard, coll. 《Bibliothèque de la Pléiade》, 1989, p. 1118.

21) Raymond Queneau, Bâtons, chiffres et lettres, op.cit., p. 56

이야기의 대상으로 삼는 자전적 구성이 목격되지 않으며 1인칭 발화도 사라졌다는 점이다. 축제를 묘사하는 '나'의 '목소리'는 따라서 1부와 2부의 자전적-고백적-서술적 목소리도, 운문이 부여했던 서정적 꿈의 이미지도 목격되지 않는다. 「마을의 축제」는 사실상 이야기의 열고 닫는 구성 대신, 축제가 진행되면서 점차 고조되는 목소리, 점점 끝 간 데를 모르고 치닫는 시적 언어의 폭발이 목격될 뿐이다.

> "어이, 이보라고, 이 맴은 좋아라 춤을 추것네 고럼 저 산도 덩달아 춤춘다니께!"
> 으으윽 뼈가 삐거덕거리고 으아악 관절이 삐걱거리며 쑤시고
> 얼쑤 얼쑤 소리를 질러 대는 영감은 즐거워하며
> 그의 아내 산이 내는 소리 꽈당 꽈당 그의 애인 산이 내는 소리 꽈당 꽈당
> 너도밤나무와 겨우살이덩굴 골짜기와 조약돌 드레스를 차려입고
> 머리카락의 눈을 털어 내면서 그의 댄스 파트너가 꽈당 꽈당
>
> 그러자 늙은이의
> 빵 빵 빵 빵 빵 아들도
> 빵 빵 빵 빵 빵 빵 (137쪽)

흥에 겨워 춤을 추며 '촌스러운' 사투리를 토해 내는 이 '산 사나이'는 누구인가? 화자인 '나'인가? 그것은, 바흐친이 언급했듯, 오히려 축제 속에서 고양되어 한껏 달아오른 말의 절정을 앞에 두고 '나'의 주관성이 다른 이들의 말에 용해되고 뒤섞여 들리는 '복수 음성성(複數音聲性)'의 탄생처럼 느껴진다.

카니발, 즉 축제에서는 누구나 순수한 관찰자가 될 수 없는 것처럼, 축제에 참가하여 축제를 '체험'하는, 사람들과 접촉하여 흘러나오는 목소리[22]이다. 자서전적 담론이 언어의 축제 속에 녹아든다.

여인을 데리고 아들들을 데리고 딸들을 데리고
아주 어린 아이들을 데리고
동물들을 데리고 아름다운 복장을 하고
재물을 가지고 저금을 털어서
깃털로 발가락을 간지럽힐 때 찾아오는 기쁨을 머금고
사나이답게 불알을 덜렁거리며 팔에 달린 주먹을
휘두르며
입을 열어 속담을 지껄이며 목이 쉬도록 노래를 부르며
보려는 눈과 들으려는 귀를 달고
하트를 가지고
스페이드를 가지고 클로버를 가지고 다이아몬드를
가지고
으뜸 패를 가지고 온 사람들
봐라 저들이 놀이를 시작하지 않는가 (133쪽)

'마을 축제'에 참여한 화자가 "일 년 내내 노동으로 폭삭 늙은 사람들"(133쪽), "문화나/ 또 다른 직업에 아주 적합하나 잊힌 매우 젊은 사람들"(133쪽), 즉 '민중'과 섞이고 일체가 되어 흘려보내는

---

22) "작가가 의도하는 대상은 중립적인 어떤 것, 그 자체가 동등한 이념들 자체의 결합이 전혀 아니다. 아니다. 의도하는 대상은 바로 주제를 복수의 다양한 목소리들로 이끌어 가는 것. 말하자면 주제의 폐기할 수 없는 복수 음성성과 다양한 음성성이다." 미하일 바흐찐, 박종소·김희숙 옮김, 『말의 미학』(길, 2006), 282쪽.

목소리를 우리는 듣는다. 그것은 "각자 자기 노래를 그리고
모두 소리를 맞춰서" "춤을 추기 시작하"(135쪽)는 축제이며,
"포도즙으로 만든 소박한 포도주, 씨앗으로 만든/ 브랜디 아니면
곡물로 만든 브랜디"가 "사방에 흘러넘"(135쪽)치는 축제이다.
시인은 고향 마을의 축제에 참여하고 대중들과 즐거움을 나눈다.
「마을의 축제」에서 선명하게 드러나는 디오니소스적인
정화는 자화상을 만들지 않는다. 그것은 언어의 축제에 녹아든
자전적 담론에는 자아가 부재하기 때문이다. 화자의 목소리는
그 자신의 것이자 동시에 타자의 것이 되고 만다. 아마도
크노는 이런 축제의 삶 속에서 새로운 시적 발화의 가능성을
발견했을지도 모른다. 이 시적 주체는, 자전적-서정적인 주체가
아니며 '단일한 자아'로 환원되는 것이 아닌, 나와 타자의 구별이
없어지는 주체이다. 시를 이와 같은 발화의 상태로 빚어내는
것, 바로 그것이 "X 씨"의 신경증 치료하기 위해 필요했던 것은
아니었을까? 그렇게 『떡갈나무와 개』는 크노에게 있어, 시적
자아의 재구축, 즉 초현실주의를 이탈했을 때 억눌렀던 시로
다시 접근하는 과정 자체를 그려낸 작품이었던 것은 아니었을까?
『떡갈나무와 개』는 소설과 같은 허구라고 할 수도 없고, 자서전의
징표도 간직하지 못한다. 시는 오히려 중간의 공간에 위치한다.
바로 이 중간의 공간에서, 익살의 실천과 언어의 축제가, 자아에
토대를 둔 문학의 부질없음을 고발하고, 전통적인 문학 장르에
이의를 제기한다.

세계시인선 51 떡갈나무와 개

1판 1쇄 찍음 2020년 10월 20일
1판 1쇄 펴냄 2020년 10월 25일

지은이   레몽 크노
옮긴이   조재룡
발행인   박근섭, 박상준
펴낸곳   (주)민음사

출판등록   1966. 5. 19. (제16-490호)
주소   서울시 강남구 도산대로1길 62
           강남출판문화센터 5층 (06027)
대표전화   02-515-2000 팩시밀리 02-515-2007

www.minumsa.com

한국어 판 ⓒ (주)민음사, 2020. Printed in Seoul, Korea

ISBN 978-89-374-7551-1 (04800)
       978-89-374-7500-9 (세트)

세계시인선 목록